AF448751

Completar

Fecha de catalogación:

LOS INVENCIBLES Y OTROS CUENTOS
de NICOLAS LITHITX

Editor: Mauro Medvetkin - Tercer Hombre: www.tercerhombre.com.ar
Diseño de cubierta: Inbrain.com.ar
Diagramación interior: Lucila Quintana
Portada: © Nicolás Lithitx
Foto del autor: © Nicolás Lithitx

Impreso en LIBROFUTBOL.com
Olga Cossettini 1112 - 8F - C.A.B.A.
ediciones@librofutbol.com - +54.11.45068805

1ª edición argentina: Marzo 2015

LOS INVENCIBLES
Y OTROS CUENTOS

NICOLAS LITHITX

Contenido

"Quisiera no haber escrito estos cuentos...
para poder volver a hacerlo".

ES SÓLO FÚTBOL

1

Siempre tengo poco tiempo para el ocio, ya que el trabajo de vendedor de teléfonos celulares me quita el día entero, pero hasta que la edad me lo permita habrá lugar para jugar al fútbol con los amigos. Mi preparación no implica mucho apresto. Tengo mi bolso azul, pequeño, en el costado inferior lleva escrito mi nombre: Dante. Allí tengo los botines, con bastante uso pero en buen estado aún. La mayor cantidad de segundos los puedo gastar en abrir el placar y encontrarme con ropa de todos los estilos que servirían para vestir de pies a cabeza a los integrantes del Circo de Moscú. Yo sólo quiero un short (que no tenga rayas como el que se pondría el payaso del circo), uno negro que hace juego con cualquier camiseta. Las medias preferiblemente gruesas.

Partí en mi auto rumbo al gran estadio, así le llamábamos a nuestra canchita mitad arena, mitad yuyos. A decir verdad, se podría parecer al ex estadio de Wembley, pero luego de la demolición. Llegué rápido, no era lejos.

—¡Siempre temprano vos, eh! —dijo el que levanta quiniela clandestina a la gente del barrio—. Respondí sólo moviendo la cabeza. Tenía la mente puesta en la pelota, tanto o más que un jugador profesional antes de enfrentar al clásico rival. Comencé a estirar, primero las piernas, para un lado, para el otro. Luego, movimiento circular del tobillo, los brazos, el cuello y hasta me soné los dedos de las manos. Lentamente fueron llegando mis amigos, primero Ciro y luego Joaquín, el tartamudo.

—¿No.. no vino na nadie toda toda via Da Dante?

—Estoy hace 15 minutos Tarta. Somos tres pero ya es la hora —pronuncié.

Cuando terminé de decir la última palabra comenzó a llover con tanta intensidad que la balsa de Noé no hubiese aguantado.

—¿No vieron el pronóstico boludos? Yo sólo vine a buscar la plata que me debían ustedes dos —dijo Ciro. Le pagamos y se fue. Me sentí un tarado, nadie es capaz de avisar nada.

—¿Vos que pensás Tarta?—. Cuando giré la cabeza esperando su respuesta, ya se había ido con Ciro. Entré bajo techo a un pequeño quincho que había en el lugar. Luisito, el que atendía, no me cobró porque ya lo habían llamado para suspender la cancha. Seguí sintiendo lo mismo que cinco minutos antes. Esperé que pare de llover o que pase el yate con las chicas de Baywatch por la puerta. Ni uno ni lo otro. Me quedé viendo unos videos con goles del Totó Schillaci, el italiano que la embocó en el Mundial 90 y que nunca más hizo goles, por lo menos de manera profesional. Entremezclado también aparecieron algunos de Michel Platini y de Franmessi. Este último, apellido compuesto entre Francescoli y Messi, era el papá del tarta Joaquín, que había llevado unos VHS de la época cuando jugaba en el Club Atlético Los Invencibles, pero para patear al arco tardaba más que su hijo practicando un trabalenguas. Pronto se oyó una finísima voz femenina que salía de la pequeña oficina que había al lado de la cocina y el vestuario. Las palabras aún me las acuerdo hasta el día de hoy.

—¿Quién es el tarado que vino con esta lluvia, pa?—. Era la hija de Luisito. Segundos después fue apareciendo tras la puerta con una larga cabellera rubia, ojos celestes, cejas finas, tez clara, más delantera que Brasil del 94 y unos labios carnosos que hicieron volar mi imaginación. Cuando advirtió que yo estaba allí, soltó otras palabras.

—Pa, ¿el tarado sigue acá?—. Luisito no le contestó y siguió con las cuentas que hacía con una calculadora. Era mi momento, ella ahí parada y yo. Tenía que decir algo inteligente. No podía desaprovechar ese instante.

—Este tarado sólo busca una amistad —le dije.

—Encima de pelotudo, cursi —respondió mientras con su celular último modelo habló con un tal Dani—. ¿Vas a venir o no? —preguntó.

Por mi empleo conocía los precios de los teléfonos y no entendía cómo esa chica podía tener uno tan caro y moderno. Luisito era de familia humilde, tanto que su mamá dormía abajo del travesaño porque no había lugar para ella en la casa. De repente, escuché una música a todo volumen. Era una camioneta gris, una *Hilux* del año al que todavía no habíamos llegado. Adentro estaba Dani, porque la rubia de labios carnosos salió corriendo. Llegó tan rápido a la camioneta que no la mojó ni una gota de lluvia. —¿Quién es ese? —le pregunté a Luisito.

—Es el novio de Carol, vos no tenés chances, así que olvidate. El hijo del senador Donald Bertini Saa tiene mucho dinero y nosotros estamos salvados —expresó con orgullo—. Por lo menos me dijo el nombre: Carol.

Efectivamente Bertini Saa tenía mucho poder. Estuvo procesado por el robo al Banco de Perú, de 42 millones de dólares más joyas, pero no pudieron detenerlo por falta de pruebas. También es propietario, entre otras cosas, de un campo de golf privado. Evidentemente, no era un buen día para mí. Llovía, mis amigos me dejaron plantado y la chica más linda que vi en los últimos meses anda de aquí para allá con el hijo de un senador corrupto. ¿Qué más podía suceder?

2

Fui a mi auto, era un *BMW* 520 blanco, modelo 81, levanta vidrios manuales, sin aire. Cuando lo compré en el 97 todavía era una joyita al que todas las minas querían subir. Hoy es diferente, siempre hay algo que no anda y los repuestos no son fáciles de conseguir. Lo puse en contacto, esperé que se apague la luz que me otorga el permiso para encenderlo pero hasta ahí llegué. Mi *BMW* otra vez hacía de las suyas. No prendía y ante cada intento hacía un tuc tuc. El ruido ni siquiera se parecía a un motor, más bien cuando te golpean la puerta del baño con urgencia. Por suerte, la lluvia estaba parando. Bajé del auto con rabia, estuve a punto de lanzar una patada al aire pero me contuve. Abrí el capó y al mirar el motor me sentí identificado con Tom Cruise en una de sus misiones. La diferencia que para mí sí era imposible. En ese momento volví a escuchar la música que salía de la camioneta. Se me acercaba *Metallica* a toda velocidad. Levanté la cabeza, era el vehículo de Bertini Saa hijo. Adentro se podía ver la rubia cabellera de Carol. Verla una vez más me hizo olvidar por completo lo sucedido con mi auto. La veía a ella que se me acercaba corriendo con un camisón trasparente y una sonrisa que mostraba que me amaba…

—¿Necesita ayuda? —una voz masculina cortó mi imaginación—. Era el dueño de la *Hilux*.

—No, bueno si. Mi auto no arranca y yo no entiendo nada de esto.

—No hay problema. Yo soy fanático de los autos antiguos y me gusta el suyo —opinó bajando de su camioneta para mirar el motor de mi "antigüedad".

Miré a Carol y noté que sus labios querían decirme algo. —I ..di..o ..ta—. Al leer perfectamente lo que decía, torné hacia mi auto.

—No podemos hacer nada —dijo Bertini Saa hijo—. Pero no te preocupes. Llamo a mi mecánico y él lo viene a buscar. Yo corro con los gastos.

—Gracias. Ni siquiera sé tu nombre y me estás ayudando de esta manera.

—Daniel Bertini Saa Owen, apellido compuesto —afirmó con convicción—. Parecía ser una buena persona, todo lo contrario a lo que uno podía especular. Hasta me estaba cayendo bien que esté con Carol.

—¿Tu nombre?

—Me llamo Dante Spinzi. Gracias nuevamente.

—Ahora viene la grúa y el pibe del taller te llamará para decirte cuando lo podes buscar. Este es mi número —sacó una tarjeta de la chaqueta que tenía puesta—. Llamame mañana que vamos a jugar al golf el fin de semana con mi papá.

Subió a su camioneta. Parecía que Carol le recriminaba algo. A Daniel no le importó. *Metallica* volvió a sonar en los parlantes y partieron a toda velocidad. Esperé unos 25 minutos, hasta que llegó una grúa con vivos amarillos. Se bajó un hombre de unos 40 años, con un mono azul y una grasienta gorra en la que se veía la letra G, mientras que el bolsillo izquierdo del mono tenía escrito *El Gringo*. El hombre gozaba —y sin dudas que lo hacía— con una barriga como la del Comisario Clancy Gorgory de Los Simpsons.

—¿Vos sos el dueño del veterano? —soltó el de la grúa.

—¿De qué veterano?

—Del auto chango —dijo con fuerza.

—Ah sí, sí. No sé qué le pasa. De repente traté de prenderlo cuando…

—Sí, ya sé. Dejame a mí que vos entendés

lo mismo de mecánica que de física nuclear. Vos firmá acá—. Lo hice y subió el auto a su grúa.

—Dale que te acerco a tu casa chango.

El día siguiente fue tranquilo, salí más temprano del trabajo pero con el deber hecho.

Vendí cuatro *Samsung* y dos *Blackberry*. Me bajé del 23, línea que me dejaba a dos cuadras de casa. Cuando llegué me encontré con mi *BMW* 81 en la puerta.

—Dale chango, te estoy esperando para que me firmes acá. Ya está el veterano —dijo con apuro el de la barriga de Gorgory—. Encima tenés suerte que paga el jefe, porque los repuestos para este modelo salen caros.

El auto estaba hasta lavado, cosa que yo no hacía desde junio del 98 cuando llevé a mi prima a su casamiento. Tenía que agradecerle a Daniel Bertini Saa y lo llamé.

—Hola Daniel, soy el dueño del... auto antiguo.

—¡Cómo te va! ¿Anda la máquina del tiempo?

—Sí, te llamaba simplemente para agradecerte el gesto.

—No hay problema. Mañana te espero en el Country Green Dani Life.

—Perfecto. Un abrazo.

La verdad que Dani seguía pareciéndome una gran persona. De todos modos, mi imaginación materialista continuaba percibiendo que Carol estaba con él sólo por dinero.

3

El Country se encontraba un poco alejado de la ciudad. A los costados de la entrada había aparcamiento para autos. Eran todos último modelo. Yo había estacionado afuera, no sea cosa que mi antigüedad sea el motivo de risa para algunos. A unos 25 metros se lo veía a Dani. Estaba rodeado de amigos y había una larga cola de gente. Fui al fondo de la fila, donde se hallaba un hombre morocho con barba.

—¿Para qué es esta fila?

—Dani nos regala unos vales para supermercado. Es un genio.

—¿De dónde lo conocés a Dani?

—No lo conozco. Sólo lo veo cuando empieza a regalarnos esto. Ponete atrás mío, no seas bobo, que para eso está este pibe. Ni sabe cuánta plata tiene.

Carol no era la única que estaba por interés. En la hilera había aproximadamente 80 personas. Me alejé hacia un quincho que había en el lugar, con un bar y dos plasmas mostrando *Slumdog Millionaire*.

—¿Cómo andás Dante? —se acercó Dani, luego de la repartija y con un sobre vacío en la mano.

—Bien Dani, ¿Qué estabas haciendo?

—Negocios, negocios. ¿Te gusta el country?

—Sí, muy lindo en verdad. ¿No vino tu novia?

—¿Quién? ¿Carol? Es una estúpida. Tuvo que dejar el jardín porque no le daba el cerebro para juntar la plastilina de color verde con la roja. Siempre tuvo problemas con los colores.

—Pero no entiendo Dani. Sos rico, tenés todo, ayudas a la gente y estás con una persona que te parece una idiota—. Me miró con el ceño fruncido, estudiándome y dijo: —No te acercaste a la fila. Reparto unos vales que pueden usarlos en el supermercado que está aquí a un km, el cual es de mi propiedad. La gente los canjea por el stock que está en promoción, los cuales consigo de otras empresas de mi pertenencia a costos muy bajos, pero además compran otros productos fuera de los descuentos. Como saben que el supermercado es de mi papá y que yo les "regalo" la mercadería, mi viejo gana todas las elecciones. Toda esta zona vota a mi padre sin pensarlo.

—¿Y Carol no es ninguna estúpida entonces?

—No te confundas. Claro que lo es. No sólo se complica con plastilina. Armar los cubos fue lo que la rebasó. Por eso llegó hasta sala amarilla.

—¿Por qué estás con ella?

—La conocí en una disco. Es una chica muy linda. Pasó lo que tenía que pasar y cuando pensé en dejarla no lo pude hacer. Es cierto que el cerebro no le funciona correctamente pero en fin, no sé si por pena o por amor, pero no la pude dejar y te repito, yo conozco sus limitaciones. Una vez la mandé con un cheque al Banco. La llamé tres horas después y me respondió que estaba sentada en el banco de la plaza y que nadie la atendía. Ese era el único banco que conocía. Pero es una buena chica. No abundan hoy en día.

—Tan estúpidas no —respondí—. Eh, digo que no abundan buenas chicas.

Quería preguntarle si Carol era buena en

la cama. Algún plus tenía que tener, pero no me animé a indagar. Me pareció que todavía no había la suficiente confianza.

—¡Pero no te imaginas lo que es a solas eh! Una tigresa con todas las garras y cuando se agacha...

—Bueno, bueno, no hace falta —dije evadiendo escucharlo—. Tampoco necesitaba tantos detalles o tal vez sí, pero nuestra amistad apenas arrancaba...

—¡Contame más! Te quedaste en la parte cuando se agacha... —volví a la carga casi excitado.

En eso, los portones del lugar comenzaron a abrirse. Los guardias de seguridad entablaron su operativo. Emergían por todos lados y se movían en puntos estratégicos. Parecían escoltar la reliquia que Indiana Jones nunca hubiese encontrado. Estaba llegando Donald Bertini Saa, el padre de Dani.

—Es mi papá, te lo voy a presentar.

En ese momento sentí como si el viento me levantara la camisa de mangas cortas que llevaba puesta y me recorría todo el vientre. Pero no entendía el por qué de mi estremecimiento. ¿Qué hacía yo en ese lugar? ¿Por qué estar nervioso? La vida me llevó a ese campo privado. Ni siquiera tenía la intención de conocer al político, del cual no tenía buenas referencias. Dani parecía un buen muchacho, Carol era divina, aunque sí bastante estúpida.

—Hola, ¿vos sos? —Obviamente se refería a mí, aunque a su hijo ni lo saludó.

—Dante Spinzi. Un gusto señor—. Pareció darme un ok con la mirada y siguió hacia la parte edilicia de su club. Lo acompañaban varias personas.

—¿Buena onda mi viejo no? —soltó Dani queriendo apaciguar el poco tiempo que nos dedicó su papá.

—Si Dani. No te preocupes. Seguramente está muy ocupado. Ya habrá tiempo para que lo conozca, si así lo deseas—. Terminé de decir la frase y volví a pensar qué hacía yo en ese sitio. Estaba en el campo de golf de Donald Bertini Saa y sentía que su hijo empezaba a apreciarme. Pensar que en algún momento le tuve envidia por la chica que estaba a su lado y él atentamente me ayudó con el auto.

—Dante, disculpame un segundo —dijo Dani.

El hijo del senador fue a saludar a unas personas muy bien vestidas, entre ellas dos hombres y una mujer. Quedé solo y comencé a caminar por el campo. Me percaté que la tarde era linda, había sol pero no hacía mucho calor y el paisaje era magnífico. No me quería alejar mucho cuando de repente la vi a Carol. Estaba sola.

4

Otra vez la imaginaba correr hacia mí, aunque Carol estaba a pocos metros de distancia, con una minifalda de jeans y una remerita blanca, de donde sus pechos reclamaban socorro y pedían que los liberen. Estaba con un trago de naranja en la mano. Parecía que tenía vodka o alguna otra bebida blanca para acompañar el jugo. Podría ser tequila. La miré pero no sabía que decirle. Nunca había podido tener una charla con ella. De todos modos me acerqué todavía sin saber que decir y ella me sorprendió.

—Perdón por haberte tratado mal. O sea parecías un idiota. Tus amigos te dejaron clavado en la cancha de papá. Se te rompe el auto. A Dani le gusta ayudar a cualquier idio… o sea le gusta a ayudar a la gente—. Carol tenía una postura perfecta y usaba latiguillos como "o sea".

—Mi nombre es Dante Spinzi. Es un gusto charlar con vos... —luego de esa frase me frené, no podía tirar todas las flores en ese primer momento aunque tenía ganas de hacerlo.

—¿A qué te dedicas Dante?

Tenía en mí la confianza para inventar algo que la pudiera mantener interesada en la charla…

—Vendo celulares —dije abatido, como quien conoce las reglas y sabía que a Carol no la podía persuadir nunca con mi verdad.

—¿Enserio? ¡Qué bueno! ¡Me encanta! Y sabés mucho entonces. ¿Qué diferencia existe entre un *BB Z10* y un *S4*?—. Carol estaba exasperada con lo que yo podía responderle acerca de la telefonía celular, o más bien de los modelos de los teléfonos. Notoriamente era una de las materias de la vida que más le interesaba. Fue la primera vez que la vi sonreír. Realmente era muy bonita.

—Bueno, básicamente la diferencia entre estos equipos… —nos interrumpió un ruido que nos hizo girar la cabeza por encima del hombro hacia el portón de los vehículos—. Era una camioneta un poco maltratada, parecía que había volcado no hace mucho y le faltaban algunos arreglos, aunque no tantos como al *BMW* 81. El rodado ingresó a alta velocidad dejando las marcas de las ruedas en el césped.

—Uff, es el tío loco de esta familia —sentenció Carol—. Se llama Demetrio. Dicen que es italiano, pero ama Estados Unidos. Vive un poco en Miami y otro poco aquí. O sea, anda de fiesta en fiesta. Y se notaba. Entró imprudentemente y llamó la atención hasta en los Estados Unidos. Lo bueno es que me salvó de mi informe sobre los teléfonos móviles que le interesaban a Carol. El tío loco saludó a todos con abrazos y luego se acercó a nosotros que nos habíamos quedado mirándolo como si fuese una estrella de Hollywood, si bien creo que le gustaría.

—Hi Carol. ¿Cómo estás? —antes que Carol pueda responder lo hizo él—. ¡Qué bueno!

Siempre están bien ustedes. ¿Where is Dani? —y previo a encontrar respuesta acerca de su sobrino me miró de pies a cabeza—, ¿Quién is the new amigo Carol? ¿Le gusta la cerveza my friend? Yo tenía una sonrisa dibujada en el rostro. Demetrio era anglicista y causaba gracia sólo con verlo. Un faldón de la camisa a cuadros que llevaba estaba fuera del jeans celeste. Por el atuendo sería compadre de los muchachos de *Secreto en la Montaña*. Supongo que sólo por eso, ya que quedaba claro que a Demetrio le gustaban las fiestas y daba la impresión de ser un hombre de muchas mujeres.

—Si me gusta, claro. Y mejor si es en cantidad —pronuncié con un poco de humor.

—Nos vamos a llevar bien boy —sostuvo para luego dar paso a una fuerte risa, dando algunos signos de que no iba al dentista hace por lo menos quince años.

Demetrio le dio un beso en la frente a Carol y se retiró. Ella le sonrió incómodamente.

—¿Medio loco el tío? —pregunté.

—Es un pesado, me tiró el lance varias veces. Piensa que porque soy rubia, soy tonta, pero no es así, porque yo conocí una vez a una chica rubia, que tenía el mismo, pero el mismo corte que Gwen Stefani y ¡no es fácil hacerlo eh! Le salió re bien, entonces no puede meternos a todas en la misma bolsa… Hubo un silencio. Parecía que el mundo paró. Por suerte fui el único que la escuchó en ese momento. Sentí la necesidad de decir algo que no advirtiese su nivel intelectual, igual su belleza exorbitante hacía olvidar todo. Era una situación rara para mí. ¿Qué quería con ella? ¿Casarme y que les enseñe cosas a nuestros hijos? No, al nacer los niños tendrían más conocimientos que ella. Era una cuestión de carne. Pero a la vez tenía un sentimiento confuso, su novio Daniel, al que conocía hace días ya me estaba cayendo bien.

—Eh… si. Tenés razón. La recuerdo en la banda *No Doubt* cuando cantaba *Don't Speak*—. Carol me miró sorprendida.

—¡Sí! ¡Ella! Es una de mis ídolas junto a Paris Hilton…

El mundo volvió a parar, pero no dejé que fuese por mucho tiempo. Ya me estaba acostumbrando a que todo lo que diga incluiría una cuota de necedad. Y siguió.

—Me gustaría tener un chihuahua igual y hacer un video como el que hizo Paris Hilton—. El mundo se detuvo por tercera vez, pero no sólo para mí. El mozo pasaba por ahí en ese momento y al escuchar la frase, hizo que la bandeja fuese a parar contra la pared, la botella de un vino aparentemente costoso y rico se hizo añicos junto con las copas. El ruido de los cristales llamó la atención a los que se encontraban un poco alejados, y detuvieron la charla. Carol se asustó, pegó un salto y su cuerpo se acercó a mí. Sentí como sus pechos chocaron contra los míos y sus manos dieron vuelta por mi cintura. Nuestras caras estaban separadas por centímetros, lo bastante cerca como para saborear mutuamente el aliento del otro. Además, tenía un perfume inolvidable.

—¿Estás bien? —le susurré—. No respondió.

Nos miramos fijamente. No perdí de vista sus labios con unas ganas tremendas de tocarlos con los míos. Era posiblemente el momento soñado. Pero no debía olvidarme del lugar donde estaba. Y por suerte, no lo hice.

5

—¿Qué pasó? —gritó Dani Bertini Saa—. Así como a muchos, le llamó la atención el ruido que hizo el mozo, y fue a ver como estaba su novia.

—Estoy bien, Dani —constató Carol, mientras recobraba su postura.

Sentí que podría cambiar mi relación con Dani, que hasta el momento era muy buena.

Tal vez tenía que explicar la situación, pero no hizo falta.

—Vamos Dante, te muestro el Country y tomamos algo.

Lo primero que uno encontraba cuando dejaba atrás el estacionamiento era una edificación no muy grande pero sí lujosa. En la entrada había una galería con una barra donde proporcionaban bebidas. Tenía una parrilla, que ese día estaba sin usarse pero donde seguramente se cocinaba muy rico. Una puerta doble de vidrio conducía a un salón cerrado, desde allí se podía llegar al segundo piso. En el pasaje había varias mesas redondas con gente muy bien vestida. Una señora, que llevaba un sombrero y un trago en la mano me miró de abajo a arriba como si estuviese ridículo. Yo estaba bien vestido. Me había puesto la mejor camisa que tenía. Todavía recuerdo a mi madre cuando me decía que me quedaba perfecta.

—Vas a dejar a todas las chicas babeando nene —comentaba siempre alegre—. Dani se detuvo. Le señaló a Carol que continúe y a mí me habló en voz baja. —Vení Dante, subamos que te presto una camisa para no hacer el ridículo —y luego se adelantó—. No tuve otra que seguirlo. Sentí que las miradas de las veinte personas que estaban allí se apoyaban en mí. Pero no era así. Cada uno estaba en lo suyo, salvo la señora de sombrero que sí seguía mis pasos con detenimiento.

Ingresamos por la puerta de vidrio. Estaba lleno de cuadros, unos 15 aproximadamente.

La mayoría con la imagen del senador Donald Bertini Saa. En uno estaba en una pileta donde se lo veía junto a Tiger Woods haciendo la *V* de victoria. Otro donde el padre de Dani le estaba colocando la chaqueta verde del PGA Tour a Jack Nicklaus. Decía Master de Augusta 1986. En un tercer cuadro Bertini Saa estaba abrazado con varios presidentes de Sudamérica, agachado aparecía un chico, parecía Daniel.

—Seguime —dijo Dani, mientras subíamos las escaleras—. Siempre tengo ropa guardada aquí.

El segundo piso tenía una sala grande, donde había una mesa de pool, una de ping pong y un plasma 42 pulgadas equipado para mirar películas y jugar juegos electrónicos. Había varias puertas. Entramos a una de ellas, donde había un somier de dos plazas, pero tenía la apariencia que no se usaba. Daniel sacó una camisa del placar. Me la tiró y antes de salir de la habitación me dijo que me esperaba abajo. Dejé la camisa en un colgador. Me senté en la cama. En la mesita de luz había una cartita con letra de mujer que decía "Te quiero amiga". Abrí el cajón, había unas 20 fotos. No quise mirarlas pero fue inevitable. Aparecía Carol en un primer plano con una sonrisa de felicidad que no le había visto nunca en su rostro. La segunda estaba ella con un bikini rojo en unas cataratas. La siguiente parecía un cumpleaños donde Carol estaba rodeada de amigas. Dejé las fotografías y fui al baño en suite de la habitación. Muy limpio y ordenado. Daba la sensación que nunca nadie se había lavado las manos siquiera. Sobre una alacena pequeña había unas revistas *Cosmopolitan*. ¿Dani lee esto? —me pregunté— y noté que en la parte superior del espejo decía Carol. ¿Estaba yo en el baño de Carol? La cartita "Te quiero amiga", las fotos, el baño ordenado y las revistas *Cosmopolitan* podían dar señal de eso. Me cambié la camisa y antes de retirarme tenía que hacer la necesidad número dos. No era un buen lugar pero recordé una frase de un amigo de secundaria que cuando se largaba un gas decía "Primero la salud, después la educación". Posterior a cubrir la necesidad de mi cuerpo tiré la cadena, la cual trabajó de manera efectiva, aunque en algún momento se me pasó por la cabeza lo contrario.

—¿Quién está ahí? —la voz venía de la habitación. Y yo no tenía dudas de quién se trababa—. Carol estaba en su pieza y yo en su baño, el mismo que iba tomando un aroma no recomendable para humanos. Antes de responder busqué por todos lados un desodorante de ambiente. ¡No había! Seguro que Carol cagaba con olor a rosa mosqueta.

—¿Quién está ahí? ¡Me estás asustando Dani!

No sabía qué hacer. ¿Responder en lugar de Dani? Se iba a dar cuenta que no era él. Habrá escuchado el ruido de la cadena, y las cosas empeorarían si llama a la seguridad. Atiné a abrir lentamente la puerta y solté un tímido… —Soy yo, Dante— con cara de tener que explicar qué hacía allí.

—¿Qué haces ahí idiota? —masculló Carol mientras sostenía su remerita en la mano tapándose los pechos que sólo eran cubiertos por su corpiño.

Empecé a salir despacio del baño tratando de explicar que Dani iba a prestarme un poco de ropa por mi camisa de mal gusto.

—Mil discul.. disculpas. Yo no quería asustarte. Sólo fui al baño. Ella estaba más tranquila al saber que no se trataba de ningún ladrón y noté como la fuerza de sus manos sosteniendo la remerita en sus pechos no era la misma que minutos antes. Al bajar un poco las manos pude notar una parte del corpiño. Era de algodón elastizado con aro tasa soft blanco. Percibí que a ella no le molestaba el hecho de estar en corpiño conmigo en la habitación. Comencé a acercarme. Era ahora o nunca. —Tengo que decirte algo, Carol. Algo que tengo en mi garganta desde que te conocí—. Estaba inspirado. Quería sacarle de sus manos la remerita y quemarla pero no iba a ser adecuado. La tomé de su diminuta cintura y antes de soltar una palabra vi como su rostro iba cambiando.

Algo estaba mal. Era ella —con poca ropa— y yo en una habitación. ¿Qué podría pasar?

6

Segundos después puso cara de asco y soltó una arcada —¿Qué es ese olor? —dijo repelida—. Es asqueroso, repugnante. Es el baño, ¡el baño! ¡Cerrá la puerta del baño, rápido!—. No sé que había comido pero evidentemente a mi estómago no le cayó de la mejor manera. Toda la habitación se había impregnado con un olor nauseabundo que mezclaba poroto, choclo, fideos a los cuatro quesos frío y caldo de surubí. El hedor propio de mis esencias me estaba cortando lo que fue tan difícil, había soltado la frase "Tengo que decirte algo, Carol" y era imposible volver atrás. Pegué un salto hacia el baño y di un portazo taponándolo. El tufo no iba a ser fácil de superar, pero algo mejoró con la puerta del sanitario cerrada.

—¿Estás mejor Carol? Habrá alguna cloaca con problemas...

—No me siento bien Dante, este olor me hace mal, voy a buscar algo para tomar y llamar a un plomero.

Carol dio media vuelta y se puso la remerita, noté que tenía un tatuaje en la parte baja de la espalda. Era un símbolo extraño pero no quise preguntar, notaría que la estaba mirando. Mientras salíamos de la habitación no podía dejar de maldecir internamente la oportunidad que perdí. Abajo, al lado de la sala de los cuadros había una puerta corrediza que llevaba a otra contigua donde había sillones y pantallas grandes, como para disfrutar de un buen partido de fútbol, pero pasaban videos musicales. Nos quedamos un rato en ese lugar donde otras personas estaban hablando probablemente de negocios. Carol le avisó lo sucedido a uno de los empleados, que rápidamente subió por las escaleras. Quizás nunca más tenga una chance como aquella. Solos y ella con menos ropa que yo.

—¿Qué querías decirme Dante? —quedé unos segundos paralizado, había gente alrededor y me sentí intimidado.

—Bueno yo…

—¡Dante! ¿Cómo estás? —era Dani Bertini Saa que interrumpía la charla—. Te tengo que pedir disculpas por el baño de arriba. Alguien dejó el baño clausurado y probablemente tendremos que sacar las láminas de la pared ya que fueron impregnadas por ese olor inmundo.

—Eh… Dani, no te preocupes… son cosas

que le pueden pasar a cualquiera.

—No —dijo Dani—. A cualquiera no, el que se sentó en ese inodoro no es normal, estamos planificando incluso tirar las paredes y convertir esa habitación en un balcón. Le quiero tirar un lanzallamas al traste de ese tipo.

No me quise imaginar a mi mismo en esa situación y busqué la manera más rápida de cambiar el foco de la conversación.

—¿Dani, viste el golazo que marcó Messi? —me miró fijo, y prefirió hablarme de tenis—, estaba al tanto de Indian Wells, torneo que se estaba disputando. Nos acomodamos mejor en unos sofás bien cómodos. Nos trajeron algunas bebidas que las colocaron en una mesa chica que estaba delante de nosotros. Carol se quedaba callada mientras nosotros charlábamos y pidió otro trago que tenía naranjas. Había sido un día movido, conociendo a los Bertini Saa, estando a solas con Carol, pero nada peor que lo del baño me podía suceder…

7

—¡Eh eh! —se escucharon los gritos del tío desequilibrado, era Demetrio—. ¡Sabés que a vos te conozco! —dijo dirigiéndose a mí, lo que hizo parar las orejas de las damas y caballeros que allí se encontraban—. ¿Qué podía decir el tío? A esa altura estaba preparado para todo…

—A vos siempre te veo timbeando a escondidas, o puede ser que te conozca del prostíbulo de Samantha o ¿no sos el que me vendiste marihuana una vez? ¡Te estuve buscando!

Todos me miraban, me di cuenta que a veces uno no está prevenido ante todo. Más allá que los presentes en ese lugar no eran apóstoles, en ese instante yo era el malo de la película.

—Nooo, i know, ya sé! te conozco del fútbol, de la canchita de Luisito, la del papá de Carol. Tú eres very good —exclamó. Por fin las cosas empezaron a cambiar.

¿Por qué no armamos un partido? —dijo Dani—. Tu equipo contra el mío Dante—. Acepté sin dudar. Venía jugando seguido y estaba en forma, más allá de la última vez donde fui el único que asistió a la cancha.

Seguimos dialogando, y el partido fue programado, tenía marcado día y horario, el lugar sería en lo de Luisito. Se fue haciendo tarde y me retiré a mi casa. Estaba ansioso ante la propuesta, era la forma de mostrarme ante Carol, de exponer lo que yo sabía hacer. Me organicé para avisarles a mis amigos, como había quedado con Dani. Para mí, era todo un desafío.

Pasaron dos días. Había vuelto a la vida diaria, poca venta de celulares, pero normal ante la crisis económica en la que vivimos.

Llegó el día del partido y estaba motivado. Aquella tarde dejé mi *BMW* 1981 y fui caminando a lo de Luisito, lo que hizo que me encuentre en el trayecto con mi tía Tota, la última vez que tuve un reto importante también me la había cruzado en la misma cuadra. Aquella vez perdimos 14 a 1. Era un mal presagio. La cancha no era de las mejores, mucha arena y algo de césped. Se jugaba siete contra siete. Si éramos más quedaba chica. Por un instante pensé que iba a ser el único presente, pero fueron llegando mis amigos…

—¿Ho Ho la Dan Dan Te, co co mo te va? —Era el Tarta Joaquín, buen jugador, zurdo y para mi gusto debía soltar la pelota más seguido—. Ciro vino con Beto, un todoterreno. Luego llegaron el Turco y Artime y más tarde, nuestro arquero al que apodábamos Manos de Manteca González, pero era buen chico.

En eso llegó un bus, era el equipo de Dani. Cuando fueron bajando parecía que se aproximaba la delegación del Manchester United, todos con idéntica indumentaria deportiva, camisetas, mismas medias y hasta peinados prolijos. Dani encabezaba la tropa llevando a Carol de la mano a la que le dio un beso y la dejó para acercarse al campo de juego. Luego bajaron el masajista, kinesiólogo, el doctor, jefe de prensa y el último creo que era el dentista del equipo.

Yo llevaba puesto un short verde que anteriormente era blanco pero una vez fue lavado con una remera del Palmeiras y quedó desteñido, mi camiseta decía "Piojo", apodo al que me sometieron en la secundaria y que quedaría en el recuerdo gracias a esa inscripción, las medias eran distintas porque no pude encontrar el par.

Mis amigos se quedaron tiesos y no abrieron la boca. El partido parecía perdido antes de comenzar. Pero no me rendí, el juego significaba mucho, debía demostrarle a Carol mis cualidades para tratar de conquistarla y enfrente tenía a su novio al que quería vencer por el honor.

Nos saludamos. Dani era el arquero, llevaba puesta una camiseta con un bulldog en el pecho y en marcador indeleble decía "Para alguien que ataja como yo, un abrazo, Chila". Los compañeros de Dani fueron presentados como Búfalo, Tractor, Mencho, Tyson, Puma y Corea.

Yo quería creer que el físico de esos muchachos no tenía nada que envidiar a la panza cervecera de Ciro o a Manos de Manteca González. Fuimos ingresando a la cancha, quería dar ánimo a mis compañeros. —Elongá Manteca, estirá Ciro, vamos muchachos.

—Estás gordo Turco —dijo Beto desde el piso, donde se ponía los botines.

—Es verdad, tenemos que salir a correr en la semana.

—Si no habrás salido a trotar nunca en tu vida, dejate de joder —siguió Beto.

—Callate boludo, no da correr solo, aparte vos mucho no podes hablar.

—Vamos muchachos, a concentrarnos eh —interrumpí la charla, yo sólo quería ganar el partido.

Artime lo probaba a Manos de Manteca González a quien le entraron todas. O

Artime había mejorado o Manteca ese día estaba inspirado en hacerle honor a su apodo una vez más.

En eso, llegó el árbitro. Luisito se ofreció a presentarlo. —¡Cómo no van a tener quien regule el partido!—. El es mi amigo y arbitraba a las inferiores de los clubes del barrio, es uruguayo, se llama Washington.

Está bien que tuviésemos juez pero el charrúa tenía dos detalles, llevaba el termo de mate en la mano y era tuerto. —¡Comenzamos voo! —gritó el de negro. La pelota estaba en el círculo central.

8

Todo estaba dado para que perdiéramos por goleada, pero siempre se dice que en el fútbol son once contra once (en este caso siete frente a siete) y no tiene lógica. A eso apuntábamos nosotros, a buscar el método antilógico. Carol se sentó a un costado, cerca de las porristas que trajeron los contrincantes. El tuerto Washington dio la orden y el juego se puso en marcha. Sacaron ellos, Búfalo la tocó para Tyson y empezaron a mover la pelota. Tyson para Tractor, que la cambió de frente para Puma. Nosotros los estábamos estudiando, no teníamos otra cosa que hacer…

De repente lo veo a Dani, que salió del arco controlando la pelota en sus pies, como si fuera un jugador más, esto nos ponía en desventaja numérica. Metió un pelotazo largo, nos dormimos y por atrás de todos apareció Corea rematando con potencia, el balón reventó el travesaño. Manos de Manteca González quedo más duro que una piedra y pidió el cambio.

—¡Salgo Dante, me tiró!

—¡¿Te tiró qué?!

—No puedo más, seguramente una rotura de ligamentos cruzados.

Pero ni te moviste —le respondí—. Manos de Manteca pudo salir por sus propios medios (obviamente) del campo. No me lo imaginaba con la presión que deben soportar algunos jugadores de primera división.

Ahora había que pensar, nos faltaba el arquero. Les pedí tiempo al árbitro y al equipo rival. Entre los espectadores que miraban el partido tenía para elegir entre Luisito que tenía sus años, Carol, las porristas y un joven flaquito que estaba a un costado tomando tereré.

—Pibe, ¿querés jugar? —no inspiraba confianza pero no tenía otra. A esa altura Manos de Manteca González se había tomado el colectivo y estaría por llegar a su casa. —¿Yo? ¿Estás seguro? —Vení pibe —le dije mientras le señalé el arco. —¿Cómo te llamás? —Decime Flaco, así me conocen—. Era tan flaco que un remate parecido al de Corea, lo partiría en dos pedazos.

Se reanudó el juego, ahora la pelota era nuestra. Flaco tenía el saque desde el arco, pateó fuerte y la pelota fue directa al lateral, no sé cómo pero casi la manda al córner. Otra vez el equipo de Dani tenía el balón, triangulaba y así fue a lo largo de los minutos. Yo era un volante—delantero—defensor que ayudaba por donde podía. El Tarta Joaquin peleó cuerpo a cuerpo con Mencho y terminó derribado en la casa del vecino.

Pasaban los minutos e inesperadamente manteníamos el 0—0. Remate de Búfalo… ¡tapó el Flaco!, cabezazo de Tyson, ¡el Flaco al córner! El Puma sólo y otra vez el Flaco que empezaba a ser la figura del partido. Atajaba todo lo que le tiraban y eso que no le dábamos ni dos pesos. Jugada de ellos por la izquierda, taco y lujos de por medio,

Corea quebró la cintura, pisó el cuero, quedó sólo ante el Flaco, me tiré a los pies del atacante pero no llegué y escuché el ruido de la red. Desde el piso noté la reprimenda de Ciro. Cuando levanté la cabeza lo vi al Flaco yendo a buscar la pelota por atrás del arco. Nos habíamos salvado de nuevo.

Imaginaba los relatos de un partido: "Se salva el equipo de Dante, el team de Dani lo está pasando por arriba, es mucho más, se merece el gol, equipo organizado como pocos..." y luego entraba la publicidad "Cigarrillos Urbanos para fumar en la ciudaaaad...".

Una para nosotros, Beto la movió para el Turco, me habilitaron en una posición inmejorable, justo para mi pierna hábil, metí un derechazo tremendo, que se fue apenas... apenas rozando las torres de iluminación. Allí sentí que podía ser mi noche. Empecé a pensar en Zidane en la final de Francia 98, buscando algo del Ronaldo de 2002, de Pirlo de 2006, de Iniesta de 2010 y de Muller de 2014. Al no encontrar nada de ellos escuché la voz de Carol que decía "Dale mi amor, los otros son todos idiotas". La frase me infló el pecho, me recargó las energías y me metí de lleno en el partido: "Sigue sin levantarse el equipo, las caras asustadas de Beto, Artime y Turco lo dicen todo. El capitán Dante se mira con Joaquín y Ciro, parecen no encontrar respuesta futbolística pese al empate parcial. El equipo de Dani es una máquina, tiene orden, rotación, toque y llegada pero se encontraron con una pared en el arco, sin dudas, ¡el Flaco es la figura!... Viva la emoción del fútbol en un plasma 42 pulgadas Video Homeeee… ". El juego iba pasando e increíblemente nos fuimos al descanso todavía con el marcador en blanco.

El Turco se tiró al piso con las piernas abiertas. Al Tarta Joaquín no sólo no le salían las palabras, ni siquiera una sílaba.

—¡Qué mierda somos! —gritó el Flaco—. Nos quedamos todos mirando. Nosotros a pesar de ganar pocos partidos nunca nos recriminábamos de esa manera. —¡Cómo nos pueden atacar tantas veces! ¿Donde está nuestra defensa? ¿Tienen pies ustedes? —. El Turco levantó la cabeza, Ciro se acercó, pensé que le iban a encajar una trompada pero lo atendían atentamente.

—¿A dónde carajo queremos llegar? —siguió el Flaco—. Nosotros lo escuchábamos en silencio como cuando éramos chicos, y sabíamos que habíamos hecho algo malo.

—Flaco —se acercó Ciro aún más—. Nosotros venimos acá…

—¡No me importa a que vienen! —le cortó nuestro nuevo arquero—. ¡Tienen que venir a ganar! ¿O para qué jugamos? ¿A perder por menos de diez? ¡Vamos, los quiero despiertos para el segundo tiempo, me escucharon! ¿Me escucharon? Ciro quedó estático, todos coincidimos con un "si" fuerte. Pensé que íbamos por buen camino, sabía que era nuestro tiempo. Regresó el equipo de Dani que había descansado a un costado, algunos tomando agua, otros con el masajista y uno había aprovechado el entretiempo para sacarse una muela. Se venía el segundo tiempo, estaba seguro de que todo iba a mejorar.

9

Sin embargo, el complemento fue igual, recibíamos por todos lados, a la pelota no la veíamos ni en figurita, y el Flaco en alguna podía fallar… Dani se la pasó con el pie a Puma, este tocó rápido para Mencho, Mencho para Tractor que apiló y dejó en el camino a Ciro primero y al Turco después.

Tractor no tenía demasiada habilidad pero se sacaba rivales de encima como si fuera un rugbier. Tyson pidió la pelota y Tractor se la dio velozmente, no sea cosa que le quiera morder la oreja. El jugador con el apodo de Mike mandó un centro al área, yo bajé para despejar, quería ayudar, debía hacerlo, la pelota venía en mi dirección y cuando pensé en la forma del despeje sentí que algo pasaba arriba mío, era el cuerpo de Búfalo que apareció sorprendiéndome a mí y al arquero, y con un potente cabezazo marcó el primer gol del partido. Perdíamos 1 a 0.

Se veía venir, no estábamos jugando bien, en realidad éramos un desastre. De todos modos, a quien le importa, sólo es un partido de fútbol, Carol tampoco es la gran cosa, es tonta, interesada y estoy seguro que se tiñe. El desafío tampoco va a pasar a la historia, si perdimos mil veces, todos nos equivocamos, Maradona falló un penal en un mundial. Siempre hay cosas peores, por lo menos sigo teniendo amigos, trabajo, tampoco es una goleada… gracias al Flaco que luego del gol siguió respondiendo. Faltaban segundos para el pitazo final. Ciro tomó la pelota, se la dio a Joaquín, que dijo "Ahí ahí ahí va va Da Da Dante" y metió el pelotazo poco sorpresivo luego de su aviso. Yo corrí en la dirección al balón. Tractor vino haciéndole honor a su apodo, me golpeó y volé varios metros cayendo en los pies de Dani, que había tenido poca participación, por no decir ninguna.

—¡Penaaaaaal!   —gritaron   mis compañeros—. El árbitro tuerto estaba en una posición que le imposibilitó ver la caída pero corrió con la mano extendida, tal vez presionado por el grito. Cobró penal a nuestro favor e indicó como dice la regla cuando el tiempo está cumplido. —Patea y termina el juego.

Todos los ojos apuntaban a mí, me habían cometido la falta, era mi partido, era la oportunidad para ser el héroe, de ser el protagonista ante Dani y Carol. Tomé la pelota. Me paré enfrente. La adrenalina recorría mi cuerpo como uno de esos carritos que suben y bajan endemoniados por las montañas rusas.

Después del juego que habíamos hecho, empatar sería glorioso, como aquellos que se festejan como un triunfo, hasta tendría el gusto de hacerlo de manera totalmente inmerecida. Dani me miró fijamente. Lo observé, luego clavé la vista sobre la pelota, escuché el silbato del árbitro, comencé a correr y como aquellos que no saben, cerré los ojos y le di como pude… segundos después escuché el movimiento de la red, seguido a los gritos y abrazos de mis compañeros. La satisfacción era absoluta. Había marcado el gol de la igualdad, que para nosotros significaba una victoria. Washington dijo basta, terminó el juego.

Dani quiso saludarme, pero no pudo hacerlo porque mis compañeros me habían alzado por arriba de sus cabezas. Desde allí busqué a Carol, no estaba en su lugar e imprevistamente la encontré al lado mío.

—¡Quiero hablar con vos, o sea, ahora sí que no puedo esperar! —estaba excitada—. Empezó a respirar más fuerte. Me miró, abrió sus labios y dijo: —No aguanto más, nunca nadie me dejó así colgada, hace tiempo te pregunté por un celular y todavía no me respondiste—. La miré a los ojos, el pelo, la boca y como si no hubiese escuchado me retiré de allí y seguí junto a mi equipo.

Levantamos las manos, dimos tres vueltas olímpicas, y luego decidí dar una más pero de rodillas. Seguimos festejando, las luces se habían apagado, ya no sentía la presencia de gente alrededor pero la alegría era inmensa. Luisito vino enojado a decirme que eran las dos de las mañana y que deje de gritar que iba a llamar a la policía. Estaba feliz, en fin, fue sólo un partido de fútbol, eso simplemente.

LAS MEMORIAS DEL FUTBOL

1

—¿Cómo se siente luego de esa gran actuación?

—En verdad estar en una guerra significó mucho para mí, te aturden los pensamientos, el ataque de pánico es constante, la angustia y la desesperación se apoderan de uno.

—Ajá, yo se que vivió muchas cosas, pero quiero llevarlo a este presente, hoy un deportista con logros. ¿En quién se inspiró?

—La sonrisa estuvo ausente por mucho tiempo, tenía que mirar a todos lados, había que sospechar hasta de tu mejor amigo. No fue nada fácil.

Lo que no era fácil era la entrevista, imposible charlar con Liwtorereen. Nunca respondía lo que le preguntabas.

—Estuvo casado tres veces. ¿Es verdad?

—Sólo quiero decirte una cosa. Lo importante no es ser, sino parecer, Roberto.

—Ricardo... Ricardo Neil.

—Roberto.

—Ricardo.

—...

—Ok, Roberto está bien.

Así me gano la vida, cubriendo historias que no tienen sentido, realizando notas inservibles y todo por un sueldo miserable que apenas alcanza para cubrir los gastos del departamento que alquilo sobre la calle Tropiezo. Así estoy yo, tropezando con la vida misma, pero tampoco vivo quejándome. El periodismo tiene sus retos. Soy un individuo común y tal vez sea un escritor anodino.

—Ricardooo, teléfonooo —gritó mi secretaria. Ella siempre tan cordial.

—Hable...

—¿Ricardo Neil?

—Sí, el mismo.

—¿Puedo reunirme con usted?

—¿Qué necesita señor?

—Gloria.

—No conozco a ninguna Gloria… o sí, pero no creo que hablemos de la misma.

—Alguna vez la conocí. A la gloria digo.

Sentí el cariño de todos pero se terminó y necesito su ayuda. Y usted es el único con el que puedo hablar.

—Voy a hacer lo posible, ¿Cuál es su nombre?

—Gracias. Mañana paso por su oficina.

El teléfono se cortó, en principio pensé que era una broma aunque tal vez alguien me necesite de verdad. La llamada me llenó de dudas, me perturbó y a la vez me desconectó de la rutina. Creo que en el fondo me hizo bien. Mañana será otro día y quizás tenga novedades.

2

Al día siguiente amanecí recordando

algunos amores pasajeros. Desayuné un jugo de manzana que tenía en la heladera y unas galletitas viejas que no tenían el sabor ideal. Me acordé del llamado, pensé en vestirme mejor, y buscar una camisa sin tantas arrugas. Mientras abría el placar recibí un mensaje al celular. Era de Victoria, la recepcionista del diario que decía "Aquí te espera un hombre misterioso".

Cerré la puerta del guardarropa sin agarrar nada y partí rumbo a mi trabajo. Al llegar la observé a Victoria, apenas me vio me hizo un gesto señalando al "hombre misterioso". Giré la cabeza y leyendo el matutino del día estaba el gran Arsenio Erico. No lo podía creer. Me acerqué a Victoria.

—¿Él me espera?

—Si, súper misterioso el señor, parece de otra época.

—Si viene el Papa vos tampoco lo conocés eh!

—…

—Bueno, no te preocupes—. Volví a girar y me dirigí al Saltarín Rojo.

—Don Arsenio, soy Ricardo Neil. ¿Cómo está? Pase—. Lo noté cabizbajo y pensativo, pero no lo conocía personalmente, tal vez sea su forma de ser. Había sido un gran jugador, probablemente el mejor de todos. Lamento que no existan filmaciones que hagan eternos sus goles. Subimos a mi oficina.

—Siéntense por favor. ¿Café?

—No, gracias.

—¿Qué lo trae por acá?

—Estoy cansado, también triste. La gente se olvida, no te reconoce. Ya no quedan aquellos que gritaban los goles de Nacional o de Independiente.

—Es que pasó mucho tiempo Don Arsenio.

—Los recuerdos son inmortales.

—Tiene razón. No sé como hizo para venir hasta aquí, a mi oficina, pero en fin... ¿Cómo

lo puedo ayudar?

—Quisiera que la gente tenga memoria.

—Todos hablan de usted. Para Di Stéfano ha sido el mejor.

—Sí y lo agradezco, pero el problema es aún mayor. Mi preocupación es más grande. ¿Dónde están las atajadas de Amadeo Carrizo, los despejes de Paolo

Maldini, la chilena de Francescoli o el escorpión de René Higuita?

—No sé que responderle Arsenio.

—No lo haga ahora. Debo irme, tengo muchas cosas que hacer.

Arsenio se fue como un Dios que parecía tener una rutina que cumplir, quizás debía ayudar así como lo hizo cuando jugó para la Cruz Roja en aquella gira por Argentina y Uruguay durante la Guerra del Chaco paraguayo. Sin dudas, una situación rara para mí. Lo único que tengo claro, es que voy a estar de su lado.

3

Los días fueron pasando y pocas novedades tuve de él. ¿Había hecho algo mal? Tal vez no lo pude socorrer como él esperaba. No sabía lo que tenía que hacer o a quien recurrir. Yo podría encontrar esa chilena de Francescoli, tengo varios colegas amigos que trabajan en canales de televisión y la deben tener en el archivo.

Las atajadas de Carrizo no sé, el escorpión de Higuita seguro… pero lo dijo en sentido figurado. No puedo decirle "tomá Arsenio, acá está el DVD que buscabas". Más allá de todo, se nota que conoce muy bien a los deportistas…

—¿Terminaste la nota con Liwtorereen, Neil? —me dijo mi jefe con un tono fuerte desde la puerta.

—No señor, Liwtorereen es muy complicado y la verdad que es difícil…

—Difícil para usted va a ser que yo llame a una persona para reemplazarlo —dijo mientras se retiró hacia su oficina.

Benjamin Rubino era de esos jefes exigentes, pero buena persona. Ambos sabíamos que no me iba a echar pero debía hacer su papel, y en realidad ya tendría que haber entregado ese informe de Liwtorereen. Pensé en contarle a Rubino que Arsenio Erico me visitó pero cómo se lo iba a explicar. Ahí sí tendría razones para expulsarme.

Posiblemente Erico tenía una cosa más por cumplir y era yo el único que lo podía ayudar, como en las películas, aunque mi papel no tiene nada de esos actores que siempre cumplen con lo asignado. Pensé en buscar a personas que lo hayan tratado, que lo vieron jugar. No tuvo hijos y la gente con la que compartió no creo que tengan facebook, así que no será nada fácil ubicarlos.

Esa noche fui a casa, estaba muy tranquilo, cené con mi señora y luego de comer tomé la decisión de contárselo, ella es mi cable a tierra y me va a entender…

—Amor, vos sabés que Arsenio Erico, el ex futbolista, ¿Te acordás? Vino a mi oficina y siento que me dio una misión en esta tierra, quiere que lo ayude, ¿Entendés?

—Vos siempre con tus historias, ¿No comés más?

—No, gracias. No entiendo el motivo por el cual me eligió a mí.

—También sos el elegido para sacar la basura. En la puerta te espera la bolsa.

No tenía sentido, mi cable a tierra estaba en sus días electrizados, o tal vez estaba en un día normal. En fin, no sé cual camino recorrer. Espero que el gran Arsenio me dé una señal…

—Amor, otra cosa, hoy tengo ganitas de…

—Bueno, no vuelvas tarde y no gastes mucho.

Esa era mi señora. Salí a caminar, para pensar o quizás buscando una señal. Miré a las estrellas, estaban todas en su lugar. El barrio estaba tranquilo, las luces de las casas en general apagadas. Aproveché el silencio de la noche, caminé varias cuadras, pero no se me ocurría como ayudar a Arsenio. Desfilaba un día más sin ideas. Volví a casa, fui a la habitación, en la puerta había un papel pegado que decía "Hoy dormís en el sofá". Estaba resignado. Me acosté en el sillón, me tapé con una pequeña frazada roja y dormí.

"El estadio de pie ovaciona al excepcional Ricardo Neil. Con las medias caídas, la gente de River también aplaude al jugador de Independiente. La pelota al centro. Comenzó el fútbol… gran jugada de Vicente de la Mata… Vilarino… centro... Goool de Independiente. Lo hizo el saltarin rojooo, Ricardooo Neil". Desperté festejando un gol, como los que hacía Arsenio. La sensación fue linda, nunca metí un gol en ningún lado, y en ese sueño me vitoreaba el público. Fue tan real, una noche diferente.

4

Sin embargo, las noches siguientes comenzaron a ser similares. En cada una de ellas convertía un gol. A la derecha del arquero, a la izquierda, de cabeza, de todas formas. A mis amigos y compañeros de trabajo les hablaba como un jugador profesional. Empecé a sentirme querido. Hasta diría que mi señora me trataba mejor. Creo que ella siempre quiso ser botinera.

De Arsenio no supe nada más, no aparecía durante el día y por la noche yo era él. Y disfrutaba serlo. Era increíble, un ídolo, tenía un promedio de casi un gol y medio por partido. Me llamaban para jugar en todos lados pero era fiel a mi equipo y a mi patria.

Así seguí, realizando mi vida normal mientras había sol y cuando salía la luna me dedicaba al fútbol. Ya dormía en mi cama, mi señora no decía mucho, salvo alguna frase como: "Dejá de gritar".

Durante 30 noches, jugué 30 partidos, metí 43 goles y después empecé a darle pases a mis acompañantes para que ellos hagan el resto. Es que había una promoción de Cigarrillos 43 que iba a otorgar un premio al jugador que haga 43 goles, ya había llegado a la meta, por eso, me dedicaba a habilitar a mis compañeros.

Una tarde como todas, llegué al diario, marqué la tarjeta de entrada. Eran las 8:43. Generalmente no llegaba antes de las nueve. Por eso me crucé con Pablo, el guardia que vigilaba durante la noche y que partía a descansar.

—Neil, llegaste temprano.

—Sí, pensé que era más tarde.

—Bueno, yo recién ahora me voy a dormir, aunque la noche fue muy tranquila y pude descansar un poco.

—Vaya tranquilo Pablo.

—Sí, me voy rápido, sino se me va el 43—.

Su frase me dejó paralizado, ese número me perseguía. ¿Era una señal?

—¿Qué 43? —hurgué antes que se marche—. Pablo se refería claramente a la línea 43 que pasaba por la puerta. Me miró, se rió y respondió. —El 43 Neil, ustedes los que tienen auto no saben ni qué colectivos pasan por acá. Adiós.

Decidí seguirlo. Salí a la calle, y fui hasta

la parada del 43. Pablo se había ido y ni siquiera vi pasar el colectivo, pero estaba decidido a esperarlo. Pasaron 15 minutos y nada. ¿A dónde iría yo a parar? Tenía trabajo que hacer, me calmé, y cuando recapacité lo vi venir. La línea 43 se acercaba a toda velocidad, parecía que volaba, eso le daba más pavor a la situación. Antes de estirar la mano para pararlo, estaba quieto enfrente de mí. Me estaba esperando, y subí.

5

Hacía tiempo que no recorría en bus. El viaje fue normal con la particularidad que no sabía a dónde me dirigía. Comencé a madurar la locura que estaba realizando. Mi pensamiento se vio interrumpido por una llamada en mi celular que me regresaría a la realidad.

—¿Dónde estás Neil?

—Estoy en la calle jefe.

—Ya deberías estar en el diario —dijo todavía sosegado.

—Aún no le comenté nada pero se lo digo rápido. Arsenio Erico me está enviando una señal y vamos a tener un gran material para el diario.

—Neil, no estoy para bromas. Y nunca entendí una tuya.

—Es en serio, señor.

—¿Te volviste loco? Te quiero en la oficina cuanto antes y no me vuelvas a tomar el pelo.

Benjamin Rubino cortó el teléfono. Me metí en un problema grande y no podía volver con las manos vacías. Seguí pensando durante el desconocido trayecto. Pasamos por la zona del mercado de abasto, por la Policía Nacional, la Catedral, y el 43 seguía su trayecto. Las personas subían y bajaban con naturalidad. El único que desconocía su paradero era yo. Pasaron los minutos, me desanimé, ¿qué estaba haciendo? Me estaba volviendo loco.

—¡Es acá! —gritó un niño mirando a su mamá.

Levanté la vista y estábamos frente al Museo de la Confederación Sudamericana de Fútbol.

—Es acá —dije en voz baja—. El lugar

donde se guardan los recuerdos de la historia del fútbol. Volví a creer, volví a esperanzarme.

Arsenio Erico estaba preocupado por el pasado de los jugadores, para que esas glorias queden en el recuerdo, para que esos botines y esas pelotas puedan seguir siendo parte de la leyenda. Al bajar fui caminando hacia la puerta del museo. Escuché un chirrido de un freno, era un camión grande que transportaba combustible, el conductor se bajó luego de dejarlo estacionado en la puerta del museo. Me pareció raro, seguí caminando para ingresar al museo, volví a mirar hacia el camión. Tenía el número 43 en la puerta. Un escalofrío recorrió mi cuerpo. Todas las pistas estaban en la escena. La historia del fútbol en el museo y los 43 goles de Erico me decían que ese camión de gasolina traía peligro. El día trascurría con normalidad para el resto de los mortales, pero no para mí, sentí mucha presión, fui a buscar al conductor pero no lo encontré. Saqué mi teléfono y llamé al 911.

—911..

—Hola señor, necesito dos carros de

bomberos para un incendio que se va a producir en cualquier momento.

—¿Cómo dice señor?

—El incendio se va a producir, usted no entiende. Mande a los bomberos por favor al Museo de la Confederación Sudamericana de Fútbol.

—Pero usted me dice que todavía no se produjo el incendio. ¿Esto es una broma señor?

—¡No, ninguna broma, lo necesito! ¡Esto va a ser un desastre! —grité con desesperación.

El teléfono se cortó. Una gran bola de impotencia invadió mi cuerpo. No había tiempo, tenía que actuar. Pensé en mis familiares, en mis seres queridos. Yo debía ser el héroe y poner en lo más alto a los Neil, aunque Neil Armstrong me superó ampliamente.

Mis padres me pusieron Ricardo por el Che Guevara —pensaban que se llamaba así— pero esa es otra historia.

En ese momento, otra vez volvía a aparecer el simbolismo de números. Un joven venía caminando con la camiseta de Michael Jordan cuando regresó a la NBA en 1995 con el número 45 en la espalda, el cual usó poco tiempo en honor a su padre para volver luego a usar el 23. Era el 45, Jordan nunca hubiese utilizado el 43, pero de todos modos esa camiseta de Chicago Bulls me dio escalofríos, algo sucedería muy pronto.

6

El ambiente era turbulento. Estaba ante la extinción de la historia del deporte. Y estaba avisado. Arsenio me dio todas las señales. La verdad hubiese sido más directo, pero en fin, de esto se trata. Había que ponerle tensión a la historia. Ay, Arsenio y las suyas. Debía hacer algo.

A toda velocidad se acercaba un auto gris, deportivo. Parecía que lo estaban persiguiendo o que estaba escapando. Anticipé lo que iba a suceder. El auto perdería el control, chocaría contra el camión y produciría una gran explosión. Por eso, salí corriendo hacia la ruta para que el conductor me viera. No reducía la velocidad. Me asusté, era el fin de mi vida. Podría ocurrir cualquier cosa. El auto se acercaba. Entendí que me hacía señas para que me corra de ahí. Era mi vida o la del fútbol. Estaba preparado para perderlo todo y ser un héroe. Cuando llegaba mi momento, empezó a frenar pero no a tiempo, el piloto me esquivó y eso le provocó la pérdida de control. El auto fue a parar contra el camión. Se daba mi veredicto, aunque empecé a pensar que era por culpa mía. Estaba esperando la explosión. No pasó nada. La gente se acercó a ver lo ocurrido tras el sonido del choque. No fue demasiado violento. El piloto era Mika Hakkinen que llevaba a cabo una exhibición. Ahí me di cuenta de todo. El camión transportaba bebidas energéticas, marca que auspiciaba el evento. Todo cambió. Tenía que desaparecer del lugar. Lo hice, yendo rápidamente al diario. Esperaba el grito de mi jefe. Efectivamente, apenas llegué fue a buscarme. Me preparé para asentir con la cabeza todo lo que me diga como un cocker decorativo en el cristal delantero de un coche.

—No sé como Neil, pero estuviste en el lugar de los hechos en el momento justo. Vi el video de la exposición. Un loco se cruzó en la ruta. Después todos te vimos probando esas gaseosas derramadas. Te felicito. La crónica sobre el accidente que sale mañana en primera plana la vas a escribir vos.

Me quedé mudo. Es lo mejor que me pasó, no abrir la boca. Me puse a escribir, cerré la página. Fin del día. Al siguiente me esperaba una gran nota… con Liwtorereen.

LOS INVENCIBLES

1

¡No podemos continuar así, los resultados no acompañan! Es difícil mantener el club, nuestra economía se viene abajo, si seguimos perdiendo la gente dejará de venir y se nos caerán los sponsors. El enojo de Manzanares, presidente del Club Atlético Los Invencibles, se hacía sentir en la reunión de la Comisión Directiva y tenía razón de ser. En 12 fechas el equipo fue derrotado en los 12 partidos y el clásico ante el Mal Saque FC fue 0—3.

Las temporadas anteriores fueron

similares, aunque ésta era sin dudas la peor de todas, los dirigentes no sabían qué hacer, cambiaron varias veces al cuerpo técnico e incluso a los 22 jugadores, pero la solución no llegó. El público iba al estadio a insultar a los futbolistas desde el primer minuto porque intuían que iban a perder.

—¿Y si probamos con un detective? —soltó Quivera, el gerente deportivo—. Todos se miraron entre sí sin entender a lo que se refería.

—Sí, claro, ¡fíjense! un detective es la clave para conocer qué está pasando, me hablaron de uno que se puede encargar de averiguar el motivo de las amplias y repetidas derrotas.

—Quivera tiene razón —dijo el presidente Manzanares y siguió—. Posiblemente tengamos en el plantel algunos jugadores incentivados por terceros. Nuestros sueldos no son grandes y cuando hay hambre… ustedes saben muchachos. ¿Quién es tu amigo, Quivera?

—Lo voy a llamar señor, cuenta la historia que aprendió mucho del Sr. Holmes.

—¿De Sherlock?

—No, de Charly Holmes, un peluquero

que sabía todo lo que pasaba en el barrio.

—Perdone señor presidente —dijo Llorente, el tesorero—. Tengo dudas acerca de esta contratación, además debemos consultar cuánto es el salario del señor…

Quivera se puso de pie y dijo: —Se llama Beck Ham. Creo que ahora vive en el barrio Gadget. Espero que sea fácil ubicarlo.

—Disculpe Quivera —apuntó Castilla, secretario del presidente—. Aquí mirando en internet al buscar a ese señor me salen más de 90 mil páginas. ¿Tan famoso es? Dice que es futbolista y está casado con una modelo…

—No sé de quién me habla, pero Beck Ham, es un señor entrado en años, posiblemente de unos 60, flaco, alto y con patillas más largas de lo común. Sus referencias hablan de un trabajo único.

—Que venga cuanto antes —dijo el presidente—. ¡No importa cuánto cobre, no me importa! Hasta el nombre del club nos salió mal. Debemos saber que nos pasa y si hay que invertir en el Sr. Ham para superar esta crisis, lo haremos, ¿me entendieron?

Todos afirmaron con la cabeza. Se levantó la sesión de la Comisión Directiva del Club

Atlético Los Invencibles, y el presidente Manzanares fue el primero en retirarse.

Casi de manera unánime los presentes miraron a Quivera y comenzaron las preguntas.

—¿Estás seguro? ¿Quién es ese tal Beck Ham? ¿Lo conocés en serio o querés quedar bien con el jefe? ¡Que tenés en la cabeza Quivera! —intervino con bronca el tesorero Llorente.

—Paren muchachos, si bien nunca trabajé con el Sr. Ham tengo buenos informes. La gente que lo conoce dice que el tipo utiliza métodos poco convencionales pero efectivos. Aparte, perdimos doce partidos seguidos, ya cambiamos jugadores, técnicos y a la recepcionista del club, que por cierto era muy linda. ¡Incluso compramos otra manguera para regar el césped! Vamos, hay que darle una oportunidad a este detective… quien te dice…

Ante la resignación de Llorente y con algunas miradas inseguras aceptaron la determinación. Sólo quedaba esperar que Beck Ham pueda hacer el milagro.

2

Quivera se puso a trabajar para poder ubicar a Beck Ham. Llamó a la persona que lo había recomendado pero éste perdió el número y hace años no sabía nada de Ham. El gerente deportivo examinó en el diario, donde encontró el anuncio de varios colegas de Ham, pero ninguno lo mencionaba a Beck. Quivera llamó a dos de ellos por si conocían el paradero de su buscado pero ni siquiera habían escuchado hablar de él. Insistió con dos más, primero recibiendo una burla de un detective de apellido Villamandos y luego en el último llamado se encontró con una chica del otro lado, que respondió con euforia: —¡Si, lo conozco, pero está desaparecido hace tiempo y si sabe algo me avisa, porque me debe mucho dinero ese desgraciado!

—Perdone. ¿Cuál es su nombre dama? — preguntó el gerente del club.

—Me llamo Rossana Kim, Beck era un viejo amigo al que conocí por las noches, y si lo encuentro lo mato. ¿Algún dato más?—.

Evidentemente la relación no quedó bien entre Ham y la señora, que por la voz uno podía deducir que tenía unos 50 años de edad. Posiblemente no sólo se trataba de dinero, ya que no lo veía hace tiempo y aún se la escuchaba bastante angustiada.

—Hacé una cosa, llamá a Charly Holmes, es un peluque... —Gracias señora —la interrumpió el dirigente acordándose del peluquero indiscreto—. Por fortuna, sigue atendiendo en el mismo lugar.

Quivera se acercó a la peluquería de Charly. Las paredes estaban colmadas de posters con caras masculinas, por detrás de una columna apareció un señor con pantalón blanco. Era alto, estaba teñido de rubio, y quería ocultar algunas arrugas. Era Charly.

—¡Hooolaaa ¡ ¿Cómo está señor?

Quivera se asustó un poco, y sin mucho preámbulo le pregunto por Beck Ham. —Uy mamita —respondió el peluquero—. Hace tanto que no veo a ese señor, creo que estaba arruinado económicamente, o tal vez se murió, vivía acá cerca, pero si está vivo... ¡ni las ventanas abre ese hombre, un horror!, lo que deben ser sus plantas.

Quivera le agradeció la ayuda brindada, mientras tanto, Charly escribió en un papel la dirección donde vivía Ham y más abajo un número de teléfono.

—Gracias —dijo Quivera—. ¿El número es el de Ham? —preguntó.

—No, nene, el mío, por si necesita algo, vio… uno nunca sabe querido… ¡cuando se va a cambiar el look digo!

—Ah, gracias —soltó el gerente con voz entrecortada, saliendo del recinto.

—Óigame, una cosa más…

—¿Sí?

—Después me cuenta que pasó eh, por curiosidad simplemente. El día de mañana otro señor como usted puede estar buscando al detective…

—… Gracias Charly.

Quivera salió con el papel que tenia la dirección de Beck Ham. La situación con Charly lo había irritado un poco, tanto que empezó a arrepentirse de tener que buscar por todos los medios a un detective con la incertidumbre de saber si Ham podría salvar al club que viene de perder sus últimos doce partidos. A pocas cuadras de la peluquería Quivera se encontró ante la casa de Beck Ham. Había llegado hasta él. O eso pensaba.

3

El lugar tenía una puerta de madera, con un pequeño cartel que decía *Pizzería La Mozzarella* pero la dirección coincidía con la que Charly había escrito en el papel, el peluquero tenía en su agenda los datos de todos los que pasaban por sus manos. Definitivamente ese era el sitio —pensó Quivera— primero probó con el timbre que por el aspecto no funcionaba y luego lo hizo aplaudiendo.

Nadie contestó. La suerte del club estaba echada, no había solución y probablemente Beck Ham no se dedique más a la investigación.

—¿Quién está ahí? —se escuchó a los lejos—. Quivera, quien estaba por retirarse del lugar dio media vuelta y encaró hacia la puerta.

—No se acerque. Estoy preguntando

quién es usted y no ha respondido. ¿Qué quiere de mí?La voz era ronca como la de un fumador de años y venía de una persona con carácter. Podría ser el detective buscado.

—Señor Beck —respondió Quivera—. Soy gerente del Club Atlético Los Invencibles y queremos contratarlo.

—¿Para qué quiere contratarme si son invencibles?

—Quisiera poder entrar para charlar con usted y ver la manera…

—¿La manera de qué? ¿Cuántos partidos perdieron in-ven-ci-bles? ¿Cuatro seguidos?

—No señor… llevamos perdiendo doce partidos seguidos...

—Entre entonces, usted me necesita a mí y a Dios.

Se escucharon llaves que daban vueltas por la cerradura de la puerta una y otra vez. Había dos pasadores en el medio y otro un poco más abajo. Con el sonido de trabas, Quivera recordó la entrada de la casa de su abuela.

—¿Doce partidos seguidos perdieron? ¿Cómo hicieron? —dijo Beck al mostrarse—.

El detective llevaba zapatos negros, un pantalón gris gastado, una remera oscura y un sobretodo beige. Lucía un sombrero como los que usaba Michael Jackson. El rostro tenía ojos de color marrones más bien grandes, barba de unos dos días, usaba un bigote muy fino y las patillas largas lo hacían tener una cara particular.

El lugar era totalmente distinto a lo que uno podía especular observando el cartel de la pizzería. Si bien estaba un poco desordenado, el detective parecía conocer donde estaban todos sus elementos. Se observaba una computadora personal, una lupa, incluso unos contenedores de líquidos químicos.

—Señor Ham, mi apellido es Quivera. En el club estamos desesperados, la verdad ya no sabemos qué hacer y yo propuse su nombre para que nos ayude a encontrar una salida. ¿Podrá?

—¡Pero no soy director técnico! ¡Soy detec- ti-ve, entiende! —exclamó Beck.

—Con todo respeto detective, nosotros probamos con los mejores entrenadores del país y las temporadas pasadas fueron similares a la actual. Cambiamos a todos los jugadores. La situación es vergonzosa y yo como gerente deportivo de la institución debo llegar junto al presidente con la solución y la solución es usted.

—Gracias pero quisiera analizar el escenario con algunas preguntas antes de tomar una decisión. ¿Cuándo fue la última vez que jugaron?

—No hace mucho. Perdimos 4 a 1 en un amistoso ante el Centro Recreativo Porongos de Uruguay…

—¿Es dudosa la orientación sexual de ese equipo señor Quivera?

—No, su nombre es en honor al arroyo Porongos, en el noreste del Departamento de Flores.

—De todos modos, creo que ni el Chapulín podrá defenderlos a ustedes, pero yo voy a hacerlo. Mañana empezaremos a trabajar, me gustan los desafíos y este es uno de los más difíciles de mi carrera. Tengo muchos años en esto y de resolverlo, podría retirarme de la profesión con honores.

—Gracias Ham.

—No se apresure. Deme las gracias si llegan a ganar un partido…

4

Luego de la presentación oficial del refuerzo de Los Invencibles, que no se trataba de un futbolista sino de un detective, comenzó el trabajo. Beck Ham saludó sin mucho preámbulo a los dirigentes, entre ellos al presidente de la institución Manzanares y le dijo al tesorero Llorente que no quería hablar de dinero. Ham se encargaría de obtener resultados y luego platicarían si llegase el momento. La actitud sorprendió a los directivos que pusieron a disposición de Ham lo que necesite y le dieron además la total libertad para moverse por el club, recorrerlo, ingresar a los vestuarios, charlas técnicas, entrenamientos y todo lo que requiera en busca de los logros deportivos.

Lo primero que hizo el detective fue caminar por la cancha, y como si fuese un científico que buscaba la poción para un experimento tomó con la mano derecha un poco de césped y los guardó en una bolsita opaca. Manzanares miraba el acto a lo lejos, y se preguntaba si haber llamado a Ham fue lo correcto. Al otro lado del campo se encontraban algunos jugadores del plantel principal con una pelota esperando el inicio de la práctica matutina. Ham se les acercó lentamente.

—Hola muchachos, ¿Cómo están? —dijo el detective de manera correcta y luego se presentó.

Los deportistas respondieron con un frío saludo y siguieron pateando.

—¿Cómo vienen los entrenamientos? —insistió Ham.

—Bien, como siempre...

—¡No, como siempre no querido! —se exaltó Ham—. Esa no es la actitud de responder, perdieron los últimos doce partidos! ¡Doce! Inadmisible —empezó a subir el tono de voz—. ¿Vos como te llamás?

—Rodrigo señor.

—Rodrigo andá al arco, vos pibe, vení.

¡Pero agarrá la pelota antes pibeee! —Erik, uno de los mejores jugadores del plantel volvió a buscar la pelota y la trajo rodando.

—Pateale a Rodrigo, pibe, vamos.

—Erik que aún sin entender que hacía

Ham emulando a un director técnico, le hizo caso y pateó con toda su potencia.

—Uhhh —dijo el mismo Erik luego del disparo que pasó cerca de Franmessi, ex jugador del club, que estaba en la tribuna mirando el entrenamiento.

—Noooo —explotó Ham tirando un zapatazo al aire y retirándose muy enojado.

—¿Qué pasa Beck? —le preguntó Quivera encontrándose en el acceso que conducía a los vestuarios.

—¡No hay solución Quivera, son unos muertos! Me habías dicho que Erik era el mejor, simulé que no lo conocía, lo hice patear y la mandó a la platea. ¿Ese es el mejor? ¿Qué le queda al peor? ¿Cómo quieren ganar partidos? ¿Cómo van a hacer…

—Para eso lo trajimos a usted Beck. Con todo respeto, el presidente y yo nos estamos jugando mucho al contratarlo para que nos saque del camino en el que estamos metidos. Confiamos plenamente en sus… —hizo una pausa— métodos o lo que sea que haga pero debemos ganar, ¡debemos empezar a sumar puntos! —alzo la voz Quivera en la última frase.

Beck lo miró como estudiándolo. Se mantuvo en silencio por unos segundos, se tocó el bigote y dijo: —Ok, vamos a trabajar. No esperé encontrarme en esta situación, generalmente el primer día de trabajo encuentro un plan a efectuar. En este caso, no sé cómo harán esos muer… esos muchachos para ganar un partido.

—Sr. Ham, yo agradezco lo que usted hace. Nosotros estamos desesperados, pero le pido paciencia. Esto debe llevar su tiempo.

—Vamos a probar una vez más —dijo Ham pegando media vuelta mientras gritó:

—Erik, Eriiiik —Beck pateó una pelota con una zurda maravillosa mandando un centro como pocos especialistas lo harían, y eso que Beck tenía sus años vividos. La pelota rodó por el aire buscando la cabeza de Erik, para que simplemente la empuje al fondo de la red.

Erik escuchó el grito, pudo girar a tiempo al ver esa pelota llegar. Segundos después, el arquero quiso moverse en busca del balón pero quedó tieso al ver el adelantamiento de Erik que saltó bien alto para impactar el buen centro de Beck Ham. El ex jugador

Franmessi se puso de pie para observar mejor la gran jugada. Quivera miró atento. El impulso de Erik parecía como aquellos de los Super Campeones que tardaban diez capítulos en pasar el medio campo pero Erik esta vez no demoró sino que se adelantó a la pelota, llegó antes, tanto así que aterrizo en el suelo y el esférico pasó unos segundos después cruzando toda el área. La sincronización de su cuerpo no fue la mejor y Beck volvió a poner su rostro de amargura.

5

La ilusión de que Erik sea un gran jugador se esfumó de la mente de Beck, y como detective amante del fútbol se prometió no meterse en la dirección técnica. El sólo debía buscar la manera que Los Invencibles ganen. Por lo tanto, se propuso volver al club con las pilas recargadas para el trabajo y así lo hizo luego de un día de descanso en su casa.

A la mañana siguiente llegó más temprano que todos, saludó al canchero, y paseó por toda la institución como si estuviese buscando algo perdido. Fue al pequeño estacionamiento que estaba en la parte posterior de la gradería sur de la cancha, muy cerca de los vestuarios y la sala de prensa. Había un señor entrado en edad que cuidaba el portón del fondo donde los dirigentes y jugadores ingresaban con sus vehículos. A un costado se encontraba una edificación que ocupaba la cocina, al lado de un comedor donde había una mesa grande para comer y otra para jugar pool. Beck se puso a hablar con Irma, la cocinera, de unos 50 años, usaba anteojos y era algo gorda. Ham le preguntó por el menú, el lugar donde se hacían las compras, quien comía más, quien lo hacía más rápido y quienes repetían el postre. Por último pidió para ese día un plato más ya que él almorzaría con el plantel.

Llegó el mediodía y Ham fue al comedor vestido con un jogging y una campera con el escudo del club. Pasó desapercibido ya que todos comían como animales. Beck probó las pastas y no estaban nada mal.

Luego cuando los platos empezaron a vaciarse, el detective subió a su silla, hizo ruido con un vaso y una cuchara como cuando alguien quiere llamar la atención para dar un discurso.

Beck dijo que la comida del día tenía un condimento especial, un aceite que los haría jugar como nunca. Los jugadores lo miraban con atención.

—Es hora de ganar, el condimento de la victoria está en sus cuerpos, en base a sacrificio, ustedes tienen la fuerza y ahora está ecorriendo sus venas, el sábado el CSKA La Ropa no pasa la mitad de la cancha y ustedes golean, ¡me entendieron!

—Siii —el grito del plantel fue unánime y se parecía al de un ejército.

Irma se acercó luego del almuerzo y le dijo a Ham que ella no había usado ningún colorante.

—No se preocupe Irma, esto sirve para estimular a los muchachos. Usted hizo muy bien su trabajo y la comida estuvo muy rica.

—Felicitaciones —dijo el entrenador interrumpiendo la charla con Irma.

El técnico era un tipo callado, conocedor

de tácticas y estrategias. Fue también parte del equipo glorioso de Los Invencibles haciendo dupla con Franmessi. —Es usted un gran motivador y valoro mucho lo realizado, pero tengo años en esto, soy amigo del presidente. Me quedo pese a los resultados porque quiero al club y de alguna forma tenemos que cambiar esta imagen. Han pasado varios técnicos, jugadores y hasta pasan los hinchas que se cansan y cambian de equipo, pero quiero decirle a usted Sr. Ham, que más allá de todo lo que intente, lamentablemente vamos a seguir perdiendo.

—El problema es que con sus ganas no le van… vamos a ganar a nadie —respondió Ham irritado.

—No Sr. Ham, usted no entiende y le aseguro que no conoce cuales son los métodos para cambiar los resultados. De todos modos, le agradezco lo de hoy. Hasta luego.

Beck quedó rabioso y extrañado por las palabras del DT, pero tenía confianza después de escuchar el fuerte grito del plantel luego de su discurso. Pensaba que el sábado podía pasar algo…

El día del juego, el entrenador cruzó miradas con Beck como diciéndole que sabía lo que iba a suceder. De hecho, los equipos que enfrentaban a Los Invencibles se parecían a la Naranja Mecánica de Johan Cruyff. Efectivamente, el CSKA La Ropa brilló y ganó 4 a 0.

6

Beck empezó a sospechar del DT por su intuición de una nueva derrota. Lo llamó por teléfono a Quivera, pero no le tocó el tema.

—¿Cómo te va Quivera?, necesito que arregles el próximo partido.

—¿Cómo?   —replicó   asombrado—. No Beck, en esa no entramos, aparte no tenemos dinero para hacerlo.

—Si me das el ok, yo mismo lo hago. Vamos a dar el pase de un jugador a cambio, tenemos tantos que no sirven para nada…

—Mirá Beck, yo no estoy de acuerdo pero… —hizo una pausa y siguió—, hacé lo que quieras mientras ganemos. Con el juego ante el CSKA La Ropa suman 13 los partidos perdidos de manera consecutiva.

—Bueno yo me arreglo —dijo Beck—. Cortó y se encargó de conseguir el número de teléfono del presidente del Mancha Real Club al que enfrentarían el sábado siguiente. El arreglo estaba hecho y un jugador de Los Invencibles iría a jugar la próxima temporada a la otra institución. El Mancha Real ya no peleaba por nada, el pacto era la victoria por la mínima diferencia para no dejar desconfianzas y a fin de temporada un defensor, sería del Mancha Real.

Dos días después Beck fue al comedor a la hora establecida para el almuerzo y el salón estaba vacío. Le llamó la atención pero pensó en algún cambio de horario del cual no estaba enterado. Sin embargo la situación era otra, encontró en su asiento una hoja que decía "Nosotros siempre salimos a ganar, no nos gustan los arreglos, si esta vez ganamos, usted se va". Evidentemente se había filtrado en el plantel lo que iba a suceder y la relación de los jugadores con el detective cambiaría para siempre. En contrapartida la victoria estaba cerca. Ham entendió la postura del plantel y luego del juego ante Mancha Real se marcharía.

Llegó el día del partido, encuentro de local, lo que hizo que Beck fuera temprano al club. En la calle se estaban armando algunos puestos de choripanes y bebidas. Ham saludó a Doña Carla, la señora que vendía chipa en los alrededores. Algunos jugadores que habían amanecido daban vuelta por el club y cruzaron miradas de mala gana con el hombre de bigotes y patillas largas.

Horas más tarde el árbitro dio el pitazo inicial y se puso en marcha lo que sería el último partido que Beck viera de Los Invencibles. Ham pensaba en el dinero que le tendría que pedir a Llorente, aunque también analizaba la posibilidad de no hacerlo, ya que su forma de perseguir el triunfo no era transparente.

El primer tiempo finalizó 0 a 0 y el segundo periodo se mantenía igual. El arquero del Mancha Real se quedaba quieto ante cualquier remate de Los Invencibles pero la pelota nunca iba direccionada al arco, hasta que cerca del final hubo un centro llovido al área del visitante. Erik esta vez saltó como debía y metió un cabezazo formidable. El arquero sabía que dejándola pasar ganaría más dinero. La pelota fue con fuerza y pegó en el travesaño. Los Invencibles no podían convertir. Un defensor del Mancha rechazó con toda su fuerza y salió un contragolpe que dejó al delantero sin otra chance que la de correr hacia el arco de Los Invencibles para no mostrar sospechas. De todos modos, intentó definir rematando cruzado pero apuntando afuera del arco. Boschian, zaguero de Los Invencibles se tiró para detener el balón y lo envió a la red en su propia meta. Uno a cero abajo de local y pitazo final.

Beck descendió de las tribunas rápidamente y fue hasta el vestuario.

—¡Ustedes son los únicos que pierden un partido arreglado! ¡Son Los Increíbles más que Los Invencibles!—. Los jugadores permanecieron en silencio mientras se cambiaban.

Erik tomó la palabra.

—Tiene razón detective, no nos gustó lo que hizo, pero más allá de eso perdimos otra vez, creo que no tenemos solución, en nombre del equipo, esta vez le pido que nos ayude…

—Así será Erik, así será.

7

El estudioso investigador volvió a trabajar más motivado que un jugador en la previa a un clásico. Ni él conocía el motivo pero sentía que de verdad estaba lleno de ganas de cambiar la historia de Los Invencibles. Volvió a recorrer el club de punta a punta, tomando las medidas del césped que enverdecía el estadio conocido como el Cementerio de los Elefantes, no porque cayeran los equipos grandes, la atribución del apodo correspondía a que anteriormente allí se hallaba un desarmadero de camiones. El detective llamó más tarde a una vieja amiga que hacía brujerías, pero luego de charlar unos diez minutos acerca de temas intrascendentes, decidió anunciarle que el llamado era sólo para saludarla. Ham estaba decidido, como pocas veces en su carrera, sabía que encontraría la solución por el camino de la lealtad y con honor.

Beck empezó a pegar carteles que decían "Hoy, el plantel de Los Invencibles está obligado a presentarse a la medianoche en Dream Night". Dream Night era una discoteca que causó furor hace muchos años atrás, donde el propio Beck Ham había pasado parte de su vida y conseguía descuentos importantes.

Sin dudas ese mensaje provocó reacciones distintas. Los que llevaban más tiempo en el club no entendían si se trataba de una broma, pero la palabra "obligado" estaba en negrita y los ponía en una posición incómoda. Otros dijeron que lo charlarían con sus esposas y los juveniles estaban sorprendidos pero no dejaban de mostrar su contento con la noticia. Eran jóvenes y siempre aguardaban los tiempos libres para salir, escuchar música, bailar y tomar algunos tragos, pero esa noche fue distinta. Bebidas no hubo, la invitación no tuvo la aprobación esperada y no se presentó ni la mitad del plantel. Beck llevaba puesta una camisa blanca que cuando se acercaba a la luz violenta del lugar llamaba la atención. Las miradas se cruzaban, Ham se divertía pero lo que él buscaba era la integración, algo que pensaba que faltaba. El "hacer grupo" lo estaba estableciendo de esta forma. Era una necesidad conocerse fuera de la cancha para llevarse mejor dentro de la misma, eso era lo que pensaba Beck convencido que sería una buena forma de unificar al grupo.

Al día siguiente, el entrenamiento comenzó media hora más tarde ya que varios futbolistas llegaron retrasados y otros como *Petaca* Silvera y el *Tinto* Páez no aparecieron por razones obvias.

Beck Ham interrumpió la práctica, pidió disculpas al entrenador por la perturbación de ese momento y por la noche anterior. Sin embargo, requirió la posibilidad de estar con el plantel, ya que tenía una enseñanza que contar. El DT aceptó despreocupado y se hizo a un lado.

Ham observó uno por uno los rostros decepcionados y notó las miradas perdidas de los jugadores, pero para él, revelaban que las esperanzas de ganar aún existían.

—Necesito que se unan como en el kemari. ¿Saben de qué hablo? —preguntó el detective—. Nadie respondió y Ham continuó. —Lo jugaban en Japón en el Siglo VI después de Cristo. Es el antecesor del fútbol. Fue creado a partir del deporte chino *cuju*. ¿Nunca se preguntaron de donde viene mi apellido? Mis antepasados jugaban al *cuju*.

—¡Cerrá el cu..ju detective! —se escuchó la voz de uno de los jugadores—. Algunos rieron y otros permanecieron callados esperando el fastidio de Ham, reacción que no llegó y el grito desfiló como si nada hubiese pasado.

—En el kemari la pelota no puede tocar el piso y todos deben colaborar con los pies para que esto no suceda…

—Así queremos prepararnos nosotros —dijo Erik.

Los jugadores tomaron con agrado la frase de su compañero, pareció divertido y se pusieron a jugar, al comienzo con dificultad y luego mejorando.

Con el correr de las prácticas, se hizo frecuente terminarlas entreteniéndose con el kemari.

Llegó el sábado y Los Invencibles debían enfrentar a La Muela Sport. El primer tiempo finalizó sin goles, los deportistas fueron hasta el vestuario donde encontraron una frase en la pizarra. —"En el kemari no hay ganadores ni perdedores, sólo lo practican los grandes equipos, aquellos que logran unirse para que la pelota siga en el aire"—. Todos se miraron, y salieron al segundo tiempo con más ganas que nunca. Erik sentía alegría y eso que llevaba mucho tiempo sin ganar un partido.

Transcurrió un segundo tiempo parejo y a pocos minutos del final, Los Invencibles empezaron a tocar la pelota en el aire como habían ensayado. Los suplentes comenzaron a gritar "kemari, kemari".

Fueron trasladando la pelota del mediocampo a la ofensiva y fue Erik el último en tocarla para cabecearla por arriba del arquero de La Muela Sport y anotar el 1 a 0. Terminó el partido y Los Invencibles volvieron a conocer la victoria.

El presidente Manzanares no lo podía creer. Quivera estaba alborozado y Llorente tenía el aval para pagarle una fortuna a Beck Ham. Los festejos se extendieron por horas, fueron a buscar a Beck pero nadie sabía de él. Examinaron por todos los rincones del club sin éxito. No estaba por ningún lado.

Los dirigentes decidieron ir a su casa pero no lo encontraron. Quivera fue a la peluquería, ya que allí conocía a alguien que podía saber donde se encontraba. Charly respondió ante las consultas. —No sé donde está Beck, pero si desapareció es porque resolvió un caso que le produjo placer, siempre desaparece mucho tiempo cuando sucede eso... —hizo una pausa y siguió— ¿No me digan que ganaron Los Invencibles? ¡Uh, entonces a Beck no lo vemos nunca más!

PARECEN NIÑOS

Ser padre es algo maravilloso, una experiencia que sólo aquellos que la han vivido saben de qué se trata y seguramente recuerdan con lujo de detalles el momento del nacimiento. El hospital, las horas previas, las contracciones de la madre, los nervios de la suegra y la visita de familiares forman parte de esa espera hasta que llega la hora de ir al quirófano. Ese pasillo largo lleno de flores y cartelitos con los nombres de los bebés vecinos conduce primero a un pequeño vestuario para disfrazarnos de doctores por un rato, y luego a esa sala llena de luces y médicos reales que rodean a la madre. Es una etapa única que te llena de amor y de las felicitaciones de tus allegados y aquí quiero llegar, los allegados. Durante años uno vive cada minuto apasionado por un club de fútbol, ese éxtasis que pasó de generación en generación, y que obviamente pensás heredar a tu descendiente desde sus primeras horas de vida. Pero… siempre hay un pero, porque viene tu primo, un tío o simplemente un amigo, con la misma pasión que vos… pero por el equipo contrario.

Para mí no hay nada peor que venga Roco, levante al bebé y comience a susurrarle esos cánticos que solo él conoce. Roco es mi primo hermano, pero siempre fuimos rivales, desde chicos. A mí me regalaban una pelota, a él una más nueva, yo estrenaba camiseta y él equipo completo con short y medias, pero sobre todo, nos separaba algo más importante, nos separaban los colores del club y eso es innegociable.

Aquella noche en el hospital, una vez superada la sala de parto, cuando la tranquilidad de a poco asoma en el rostro de todos, saqué un gorrito con el escudo de mi equipo con la intención de ponérselo al bebé y sacar así, sus primeras fotos. Lo pensé un poco mejor y para no pelear con mi señora, admití que era un poco apresurado. Así que, mejor fui a la cafetería, lugar al que uno acude bastante después de pasar varios días enteros en el sanatorio. Y aquí vuelvo a Roco, él siempre adelantado también tenía todo pensado, había guardado en el mueble de la habitación una sabanita, un babero y un chupete, con esos colores horribles a los cuales alienta. Pero por fortuna, llegué a tiempo para detenerlo. Lo conozco hace tantos años que nunca es bueno perderlo de vista. Sé que mi señora no le va a decir nada, además ella se lleva muy bien con la familia política, pero yo no se lo permitiría jamás. Mi bebé tampoco me lo perdonaría. Imaginen cuando tenga 18, vea la foto y me diga "¿Qué hiciste papá, cómo lo permitiste?" y tendría razón para culparme. Por eso, hay que estar atento y no dejar que Roco lleve a cabo algún plan para inculcarle esos roñosos sentimientos futboleros a mi angelito recién nacido.

De todos modos, corro con ventaja. Soy el padre y eso no es poca cosa, aunque en este tipo de cuestiones a veces los hijos nos traicionan y se dejan influenciar por algún familiar que les hace regalos o les promete una vida llena de títulos que no se compadece con la realidad.

La noche del complot fue la segunda, cuando los nervios habían pasado, cuando la beba descansaba tranquila en la habitación junto a su madre. Mis suegros se habían ido y nos habíamos quedado solo los tres. Mi esposa miraba la televisión y yo fui, como tantas veces a la cafetería del cuarto piso. A la madrugada el movimiento es escaso y ese lugar se vuelve un mundo distinto donde manda el silencio, como lo anuncian los carteles. Pedí un sándwich y me quedé hablando de fútbol con Ugalde, el mozo, locuaz e hincha de un club de la B, lo que hace una amistad cómoda, y hasta cierto punto con un poco de compasión, no es fácil vivir soñando con llegar a Primera División. Más allá de esto, este personaje sin saberlo estaba ayudando a mi rival. Es que Roco había ido a la madrugada, suponiendo que yo o iba a estar dormido o dando vueltas por el hospital. Roco tenía claro lo que buscaba, una foto con mi bebé con tonos que anuncien su equipo, y luego claro, subirla a las redes sociales. Sería el fin, mi baby con aquellos colores que me repugnan desde que tengo uso de razón.

Cuando bajé las escaleras para retornar al piso de Maternidad sentí el perfume de Roco. Nunca fui bueno para diferenciar las fragancias pero este caso era diferente. El hedor de Roco era inconfundible, cada abrazo con él te traslada a un domingo con 40 grados, al medio de la popular visitante y con campera puesta. Si fuera nuestra hinchada vaya y pase, pero encima la peste te transporta a la de ellos. Ese tufo me proporcionó calor y me hizo caminar más rápido rumbo a la habitación. En el trayecto una enfermera me sonrió, mi imaginación me llevó a pensar que ella también formaba parte del plan de Roco y estaba allí para distraerme. Seguí adelante sin devolverle la sonrisa. Pasé por la Nursery y por fin llegué a la zona de las habitaciones. Fui directo a la 311 y todo parecía estar en calma. Entré sin hacer ruido, cauteloso en cada movimiento. Cuidé que mis huesos no emitan un sonido que me juegue en contra. Escuche el sonido tenue de la televisión que estaba prendida mientras mi señora reposaba mansamente. Todo en calma, sólo un detalle, mi bebé no estaba allí. Fui a mirar a los pequeñuelos que se exponían en la Nursery pero el mío tampoco estaba allí. En eso, salió una las enfermeras.

–¿Cómo le va señor? ¿Usted es de la 311?

–Si…

–A su bebé lo están cambiando. Le están poniendo la ropita nueva que le trajo el tío –dijo sonriente.

Me entró un escalofrío por todo el cuerpo, me habré puesto pálido. Imaginé esos espantosos colores infectando el cuerpito de mi bebé.

–Sáqueselo –dije tan fuerte e irritado que la señorita dio un salto hacia atrás.

–Se lo puede sacar por favor –volví a señalar mientras ella recomponía su postura–. El tío no sabe que es un ropita muy especial para nosotros y me gustaría que no se ensucie –la última frase la pronuncie sosegado para aflojar la rigidez del primer grito.

–Sí, señor, como diga. Le pongo otra que tenemos en la Nursery.

Le agradecí y di media vuelta. No estaba

seguro si Roco le había traído algo referente a su club, pero era lo más probable. Roco siempre jugaba sucio, y esta vez procedió de la misma forma llevando la ropa en un horario donde nadie lo pueda ver. Además fue directamente a buscar a la enfermera, hasta le habrá dejado su número de teléfono el muy sinvergüenza. Lo que sí puedo asegurar es que no consiguió la foto, gracias a que trunqué la maniobra a tiempo. Lo otro que tengo claro es que comenzó la guerra. Si él procede deshonestamente, yo también.

Esa noche me costó cerrar un ojo, tenía que estar atento. Para eso, me aseguré que el bebé permanezca en la habitación junto a la madre y a mí, el mayor tiempo posible. Era la mejor forma de tenerlo vigilado, sin que Roco estuviera cerca.

Amanecí abatido por lo poco que había descansado. Pero en contrapartida, había pasado un día más y sabía que faltaba menos para volver a casa. Allí sería jugar de local en un ambiente donde la criatura va a poder crecer sana y sin la mala influencia de su tío, aunque Roco era capaz de cualquier cosa. Por suerte, nunca tuve que hacerle ninguna copia de llaves ni nada parecido. Alguna vez le presté el auto pero no más que eso.

La mañana parecía tranquila y había poco movimiento en el hospital. Salvo un nene que nació, creo que eran de la 314, en el cartel de la puerta decía "Llegó: Lionel", nombre bastante usado por los amantes del fútbol lírico. Pensé en ir a la cafetería pero Ugalde me empezaría a hablar de la complicada Segunda Categoría y eso le daría tiempo a Roco para hacer de las suyas. No podía arriesgarme, así que preferí tomar un capuchino de máquina. Fui hasta el fondo del pasillo donde estaba el artefacto, puse unas monedas, apreté el cuarto botón, el del capuchino y mientras se servía me quedé un rato mirando la foto de la publicidad del café que mostraba a una morocha con una amplia sonrisa.

Observé nuevamente hacia el pasillo, en dirección a nuestra habitación y noté que alguien ingresó a la altura de la 311. No era nadie del hospital porque hubiese notado el uniforme, mi suegra no venía por las mañanas y mi mamá tampoco. Dudo que amigos nos visiten tan temprano sin avisar. ¿Roco? El no tenía horario y más bien actuaba cuando menos gente había. El vasito de capuchino quedó sin tocarse porque empecé a caminar con pasos atropelladores con rumbo a la habitación. Al entrar lo vi a él, a Roco colocando una bandera enorme de ventana a ventana. Yo sabía que estábamos en un hospital, donde no podemos hacer ruido, un pariente simplemente quiere ensanchar la cantidad de hinchas de su club, imponiendo sus colores, pero yo no iba a ceder. Su jugarreta era picante y la furia me rebalsó. Cerré la puerta, al mismo tiempo en que Roco dio un brinco al darse cuenta que fue descubierto. Avance con dureza, sentí que me acompañaban todos los aliados de la invasión a Normandía, y así como en aquella ocasión se retiró el ejército alemán, Roco haría lo mismo, su fracaso era inminente. Sin saludarlo me balanceé para estirar una de las puntas de la bandera que colgaba en la esquina superior de la ventana, tal vez sujetada por la punta del marco. Pero mi adversario no se rindió y defendió lo suyo, él sabía que a mí no me interesaba si rompía su trapo. Por eso, intentó salvaguardar su tela desigual y mal remendada. Allí empezaron los empujones pero era mi primo, tampoco nos íbamos a golpear violentamente en pleno hospital, aunque debo decir que la disputa, yo por sacar esa bandera y él por defenderla, generó un forcejeo que hizo despertar a mi esposa.

–¡Basta! ¡Ustedes dos parecen niños! ¡Cuántas veces les tengo que decir que es una nena!

EL CLASICO DE LAS GALAXIAS

Episodio 1

—Que-Gun tú la misión tendrás de buscar a un joven futbolista que traiga equilibrio a nuestro equipo. Cerca de parecernos a Los Invencibles estamos…

—Si maestro Joda, yo me encargaré. Los empresarios están por todos lados como células muertas y debemos controlarlos, y así terminar con sus planes de esclavizar a los pequeños.

—Fácil no será.

—Tranquilo maestro, los juveniles son mi especialidad. Yo también fui uno y llegué a integrar un gran equipo de Jedys hace un tiempo muy muy lejano pero siempre hay una nueva esperanza.

Partí por las plazas, potreros y todo lugar donde podría encontrar lo que me habían solicitado hasta que llegué al barrio Tatooin, conocido con ese nombre por la cantidad de lugares para hacerse tatuajes.

Tatooin estaba poblado por muchos niños y era un buen sitio para la búsqueda. Frené en las cercanías de unos talleres porque en el terreno anexo jugaban unos chicos. Quedé sorprendido con a velocidad y calidad de uno de ellos. Físicamente era el más pequeño de todos, sin embargo los más grandes no podían sacarle la pelota, los controlaba como quería, parecía gambetearlos con la mente. El partido terminó porque uno de los chicos remató como una bestia y tiró la pelota al vecino. Lo apodaban Chewe. Me acerqué al pequeño y dije: —¿De dónde eres?

—Vivo acá a la vuelta, pero mi tío no me deja hablar con extraños. Disculpe.

—Espera. ¿Cuál es tu nombre?

—Me llamo Ankin.

—Yo soy Que-Gun, si me permites te

acompañaré a tu hogar. Necesito hablar con tu tío.

El niño aceptó moviendo la cabeza. Sólo caminamos unos metros ya que en el taller estaba su familiar.

—¿Por qué vienes con extraños Ankin? Te dije mil veces que…

—Soy Que-Gun y quiero hablar con usted —expresé moviendo mi mano derecha.

—No caigo en sus trucos extranjero —me dijo—. ¿Piensa que nunca vi películas?

—No estoy realizando ningún truco señor —y moví nuevamente mi mano derecha.

—¿En qué idioma hablo yo? ¿No te das cuenta que no pasa nada empresario de cuarta?

—No soy ningún empresario, sino todo lo contrario, yo busco….

—Por unas monedas es tuyo, necesito comprar unos repuestos.

Le di lo que encontré en el bolsillo y partimos de allí con el niño. Lo llevé junto al maestro Joda para inspeccionar sus cualidades. Para mí debía ser entrenado, era un chico con futuro.

—¿Y maestro? ¿Qué me dice?

—Peligroso en el área es, pero su

temperamento dolores de cabeza puede acarrear. Expulsiones constantes sufrirá.

—Déjemelo intentar maestro.

—Sólo problemas traerá Que-Gun pero decisión tuya será.

No me importó lo que pensaba el maestro Joda y empecé a entrenar al pibe. Mi rutina incluía exámenes médicos en primer lugar, allí me di cuenta que tenía 2368 midicloriatos más que los normales en un físico acostumbrado a la práctica deportiva. No le dije nada a Joda para no ponerlo más nervioso de lo que estaba, es entendible, Joda tenía sus años. Los midicloriatos hacen que uno tenga mucha fuerza en las piernas y este chico sin duda parecía ser el que cambiaría el destino del equipo.

Como parte de nuestros trabajos tenemos reglas que cumplir, no dejamos que el descontrol tome nuestras mentes y nos lleve a cometer errores. Buscamos siempre la paz en nuestro interior, resignamos amar y también odiar ya que los sentimientos nos pueden transportar por un camino equivocado alejándonos de la superación personal.

Debía llevar al chico de a poco, tanto en lo

futbolístico como en lo moral, ético y otras ramas que consistían en matemáticas, física, geografía, biotecnología, gastronomía y veterinaria. Una base de otras materias es importante para nosotros aunque esto no se refleja en los partidos, salvo con un jugador llamado Jar Jar Buu, un diez en peluquería, que eludía a los rivales por el pelo, sabía aprovechar el viento de acuerdo a los peinados, con los cuales se tapaba la cara y nadie sabía para donde encaraba. Tenía un parecido extraordinario con Ronaldinho pero charlaremos este tema en otro momento.

El Consejo no estaba de acuerdo con el entrenamiento para Ankin pero de todos modos decidí formarlo.

Episodio 2

Los entrenamientos no le gustaban demasiado al joven aunque en veterinaria andaba bastante bien. Yo estaba con ganas de cambiar de aire, tenía una propuesta para llevar chicos a Qatar y había mucho dinero, pero antes debía conseguir a alguien que tome mi trabajo. Luego de tantos años en la empresa no podía tirar todo por la borda, además Joda me iba a matar. Pensé en un aprendiz mío llamado Obi-Wen.

—Obi-Wen, me voy de país, sabes que a Joda no le gusta Ankin, prométeme que lo entrenarás si yo no estoy.

—No, ni empedo Que-Gun, dejate de hinchar con ese chico, aparte me tirás a Joda y a todo el Consejo en contra. Olvidate.

No tuve otra que continuar. Obi-Wen era el único que podía reemplazarme y me cagó. Ankin comenzó a meter goles en las divisiones inferiores y hasta tuvimos que prohibir que se acerquen algunos medios periodísticos para no desviarle la atención, cosa que fue inevitable porque Darth Blatleer quería hacer contacto con Ankin. Blatleer era un empresario de los poderosos a los que sólo le interesaba el dinero y vendía jugadores como esclavos, los hacía jugar, cocinar, lavar y planchar. Algunas familias en la pobreza no sabían ni el destino de sus hijos a los que Darth Blatleer les cambiaba los nombres para que no los puedan encontrar. Todo un criminal. Por eso antes que pase algo extraño fui a hablar con Ankin para prevenirlo del malvado Darth Blatleer. Cuando lo encontré, Ankin estaba con una máscara negra y respiraba fuerte. Me pegó una patada en la entrepierna y salió corriendo de la habitación. Había firmado un contrato con Blatleer que lo transfirió al Club Lado Oscuro.

Lo primero que hice fue contarle al maestro Joda.

—Hablar con Ankin debemos.

—Maestro tengo una pregunta muy importante.

—Tu preocupación entiendo Que-Gun.

—¿Por qué no formulás las frases correctamente en vez de decir todo al revés?—.

Joda hizo un silencio. Me di cuenta que no era el momento para hacer esa pregunta pero la tenía atragantada hace tiempo.

—Ok maestro, me pondré en campaña. De alguna manera debo llegar a Ankin.

La tarea no iba a ser fácil. Mi relación con el chico había cambiado y ahora no sería sencillo que pueda escucharme, a no ser que la máscara esa tenga agujeros a la altura de las orejas pero creo que no los tenía.

Episodio 3

Ankin se había alejado para siempre, su nuevo contrato era millonario a tan corta edad, tenía mucha prensa y empezó a ser conocido en todo el mundo. "Mi sueño es ganar un mundial" había mencionado en unas de sus primeras notas a la televisión.

Antes del debut con la camiseta del Club Lado Oscuro, lo hacían hacer picaditas previo a los partidos y era toda una atracción. Un día le llegó la hora de salir al campo de juego. Short negro, medias negras y camiseta negra (obvia indumentaria para Lado Oscuro). Hizo un buen juego y marcó el gol del empate ante Los Talleres. Fue 1 a 1 y un gran futuro para el joven. La mayoría de los periodistas deportivos se encargarían de mencionar que estuvieron presentes observando el debut del pibe diez.

La fama empezó a desbordarlo, el interés de las chicas no tardó en llegar y Ankin conoció a Padmela, toda una princesa, rubia de ojos claros. La primera noche la conoció a fondo y no se cuidó, detalle importante para los días que corren y para el futuro de este cuento.

Ankin siguió picoteando por varios lugares pero se había enganchado con Padmela, con quien pudo salir poco tiempo ya que la familia de la chica se mudaría a otra ciudad.

Pensó en mudarse con ella pero Darth Blatleer no se lo permitió prometiéndole incluso más dinero y mujeres. Al chico con la camiseta negra número diez en la espalda no le interesaron las nuevas propuestas de su jefe y puso la mirada únicamente en el funcionamiento futbolístico del equipo.

Su concentración y sus ganas le permitieron al Lado Oscuro terminar octavos el primer año, lo que era un logro teniendo en cuenta que en épocas anteriores no les había ido bien a tal punto que luchaban por no descender.

En el siguiente torneo finalizaron terceros

y clasificaron a la Copa Planetas. Ankin hizo muy buena dupla de ataque con Han Solder con quien se dividían para elaborar las situaciones de gol. El entendimiento entre estos dos jugadores sumados al aporte defensivo de Darth Moll y Yango Flet, y la experiencia de Javva para cubrir el arco hicieron del Club Lado Oscuro un conjunto arrollador por muchos años. Nadie podía derrotarlos y así conquistaron varios títulos.

Lado Oscuro pasó a ser temido por todos y los rivales se conformaban con empates, cosa que igualmente no pasaba, ya que el equipo negro era demoledor ante cualquier adversario.

Pasaron temporadas enteras sin perder punto alguno y no había motivo para preocuparse. Además los dirigentes del club tenían buena relación con el Senado que manejaba el fútbol.

Ankin estaba destinado a marcar una etapa y sumó más páginas a su rica historia luego de anotar un gol eludiendo a siete jugadores rivales. Lado Oscuro enfrentó a un cuadro inglés llamado Sports Off. Aquel día, Ankin tomó la pelota en la mitad de la cancha y la trasladó con su zurda dejando en el camino incluso al arquero. Era tapa de todas las revistas, no podían frenarlo. En el mismo juego había marcado un gol con la mano y seguía dando que hablar. Ankin era el dueño del mundo.

Episodio 4

En otro planeta, un equipo de la mano de un joven llamado Luke Messewaker empezaba a dar que hablar. L.M. era huérfano de padre y madre. Fue criado por sus tíos y desde muy chico comenzó a jugar pese a una enfermedad hormonal que afectaba su desarrollo. El tratamiento al que debía someterse duraba tres años y tenía un costo muy caro, por lo que fue rechazado en algunos equipos de la zona y por eso tuvo que emigrar rápidamente.

Lo llevaron al FCB, Fútbol Club Blanco, donde lo probaron con chicos más grandes y sorprendió a todos. El club decidió pagar los costosos tratamientos a base de hormonas de crecimiento y el jugador comenzó a destacarse rápidamente en la liga infantil. De allí, fue pasando por las distintas categorías hasta llegar a entrenar con la primera división debutando precipitadamente. Se convertiría luego en el jugador más joven en convertir un gol con esa camiseta. La historia mostraba una semejanza asombrosa con Ankin y lo empezaban a etiquetar como su sucesor. La prensa mundial comenzó prontamente a compararlos.

El Fútbol Club Blanco entabló un buen juego colectivo y su referente era Messewaker.

Pasaron el Valero, el Nozara FC e incluso el Real Madelon como rivales y todos cayeron ante los pies del Fútbol Club Blanco. Messewaker recibió esa temporada el Balón de Oro. Había conquistado la liga y la de los Campeones del Continente.

L.M. pasó a ser una realidad. Desde chico se notaba su potencial pero ahora empezaba a ser conocido mundialmente. Grabó comerciales para marcas muy importantes y era una máquina de hacer dinero pero su infancia no había sido el mejor, su mamá murió cuando él nació y nunca conoció al padre. El pasado lo golpeó y al igual que Ankin su cabeza estaba en la pelota. Por eso siguieron pasando rivales, en cuartos de final el Ñiupi, el difícil equipo de Oliver al que Messewaker le anotó un gol "ankiano", eludiendo varios hombres desde la mitad de la cancha, y anotando tras dejar en el camino al arquero. Messewaker era una leyenda.

El Fútbol Club Blanco estaba en semifinales donde enfrentaría al Club Naboo. El partido fue muy peleado. Arturi Too, el japonés del plantel, la metió en dos ocasiones para el FCB pero el encuentro terminaría 2 a 2. En el alargue apareció Messewaker y así como alguna vez lo hizo Ankin simuló cabecear y anotó un gol con la mano. El árbitro lo convalidó. El equipo de Messe a la final.

El parecido con Ankin era increíble y ahora enfrentaría al Club Lado Oscuro.

De un lado estaban "Los Blancos" de Messewaker, del otro y con un camino más holgado y avasallando a los rivales, "Los Negros" de Ankin. Los iba a encontrar la gran final del campeonato.

Por primera vez en muchos años Ankin estaba conmocionado. La presencia de Messewaker en FCB lo ponía incómodo, sobre todo cuando leía las comparaciones entre ellos en las revistas deportivas. Sobre Messewaker rumoreaban romances con modelos hermosas, mientras que referente a Ankin recordaban su relación con Padmela y especulaban con que ya le había pasado el último tren.

Ankin no sabía nada de Padmela, ese malestar fue lo que lo llevó a concentrarse exclusivamente en el fútbol y en ser el mejor.

Por eso, el camino de Lado Oscuro pareció fácil pero el partido por el título sería otra cosa. Los hinchas esperaban más que nunca el encuentro definitorio entre Lado Oscuro y Fútbol Club Blanco. Y el día llegó…

Episodio 5

Era la final soñada para los hinchas del fútbol. Una atracción inimaginable.

Un matutino publicó "El Clásico de las Galaxias", pese a que no se habían enfrentado nunca. Según el reglamento el partido final debía ser en una sede neutra y el lugar elegido fue el estadio Sheikh Zayed de Abu Dhabi en Emiratos Árabes Unidos, con una capacidad para 278.000 personas.

Ese día el público colmó las cinco bandejas que tenía el recinto. La gente se agolpó en las gradas desde horas antes del encuentro para palpitar el juego más esperado que uno recuerde. La historia marcaba siempre al mismo ganador, al equipo de Ankin. Los de negro eran idolatrados pero aquella tarde la pasión estaba dividida. De todos lados llegaban los hinchas, algunos para seguir adorando al eterno Ankin y otros fanatizados por el formidable nivel de Messewaker.

El público que aún andaba por las afueras del estadio giró ante el sonido de las bocinas y el ruido de las motos de la policía que se asomaban por la avenida custodiando al bus que acercaba al estadio a uno de los equipos. Era el que trasportaba a FCB directamente al portón que los dejaba a pasos del vestuario.

Desde lejos la gente se juntó para tratar de ver a los jugadores bajar del ómnibus. Primero salió el cuerpo técnico y luego los jugadores. Pasó Zeebulba. Más atrás bajaron Arturi Too y Nacho Citripio. El griterío del público se hizo más fuerte y el motivo conducía a que era Luke Messewaker el que pasaba con una gorra negra y escuchando música con su iPod.

Pasaron algunos minutos y la gente se fue esparciendo. Al poco tiempo se volvieron a agrupar, llegaba el plantel del Club Lado Oscuro. Era el equipo más ganador de todos los tiempos, y contaba sin dudas con la figura que más premios deportivos había ganado. Se asomaba el conjunto de Ankin y se escucharon los fuegos artificiales.

El colectivo ingresó por el portón que luego fue rápidamente cerrado. Algunos segundos después la compuerta volvió a abrirse para el ingreso de un auto negro blindado con vidrios polarizados. Una vez adentro bajó el chofer, abrió la puerta de atrás y descendió Darth Blatleer quien fue a charlar unos minutos con Ankin.

—Querido Ankin, ¿Cómo estás?

—A decir verdad me siento un poco

extraño. Siento algo raro en mi pecho.

—Es normal Ankin, así son las finales.

—No, nunca me había pasado. Ni cuando enfrentamos a los brasileños que tenían la dupla Ro-Ro adelante.

—Tranquilo Ankin, tranquilo. Yo vengo a pedirte una cosita por tu bien. Te hago el pedido a vos por la confianza que te tengo y sé que no me vas a defraudar. Necesito que cuando pelees una pelota con Messewaker lo fractures. Ahí se termina de hablar tantas tonterías en el fútbol y vos seguirás siendo el número uno por siempre.

—No puedo hacer eso...

—Es por tu bien, haceme caso.

—Pero maestro no pue...

—Más vale que lo hagas. No podemos estar dividiendo ganancias. Este chico también vende posters eh—.

Darth se retiró y a Ankin se le sumó otra preocupación más. A su sentimiento extraño se le agregó una obligación que poco tenía que ver con el fair play. De repente, algunos recuerdos le llegaban como flashes a la mente de Ankin, todos estaban relacionados con Padmela. El jugador no entendía que pasaba. Aquel no era un día más. Se acercaba el inicio de la final.

Episodio 6

De las tribunas bajaba el "Ankinn, Ankinn" cuando sonó la música oficial del torneo y ambos equipos salieron al campo de juego. El ambiente mostraba un marco digno de una final del mundo. Darth Blatleer estaba en el palco mirando como todos a las dos estrellas. Ankin vs Messewaker. Ambos eran los capitanes de sus equipos, realizaron el sorteo, se sacaron la foto con el árbitro, aquella que nunca sale publicada y la final estaba en marcha.

A los ocho minutos del primer tiempo Messewaker dejó dos en el camino, encaró el arco, buscó picársela al arquero y la pelota pasó muy cerca. Avisó FCB. El Lado Oscuro buscó permanentemente a Ankin pero lo marcaron bien entre Arturi Too y Citripio.

El Futbol Club Blanco volvió a mostrarse peligroso en otra arremetida luego de que Messe ponga un pase perfecto a profundidad pero que no pudo ser conectado por Maci Winju.

Blatleer estaba preocupado. A los 25 llegaría la primera para Lado Oscuro. Ankin tomó la pelota en la mitad de la cancha, giro completamente en su eje para dejar a dos en el camino. Siguió por el sector izquierdo tirando la pelota larga, ganando en velocidad, superando a otros dos y tomando dirección al arco. Seguía Ankin acercándose, ta ta ta y pum… recibió una patada de atrás y el grito de dolor se escuchó hasta en el último rincón de la cancha. Fractura de tibia y peroné para Ankin y roja directa para… Luke Messewaker, autor de la infracción. Nadie podía creer lo que pasaba, las dos estrellas afuera, uno lesionado, el otro expulsado.

—¿Qué te pasa Messe? —gritó Ankin.

—Era mi misión, disculpame.

—A mí me pidieron lo mismo pero no lo hice. ¡Tú eras el elegido Messe!

—Dejate de joder, estás viendo muchas películas. Esto estaba todo armado desde un principio con Darth Blatleer. A mí me suspenden dos partidos, en cambio vos, no jugás más.

—Messe, I am your father… digo, yo soy tu padre. Messe quedó duro, no sabía cómo reaccionar. Estaba recibiendo la respuesta a una pregunta que se hizo toda su vida.

—Ah.. sos vos… ¿Por qué nunca viniste por mí?

—Ahora me di cuenta, por la fuerza que hay en nuestro interior. Cada vez que nos acercamos… ahora lo entendí, te pido perdón.

Messe y Ankin se dieron un fuerte abrazo. El público no entndía que pasaba, la mayoría estaban enojados al saber que los dos mejores jugadores no seguirán en el campo y desde una de las tribunas emprendieron a tirar botellas. Citripio se tomó con Han Solder, y allí comenzó un gran caos. Peleas en el campo, objetos voladores y disturbios en las tribunas.

Los jugadores fueron corriendo hasta el vestuario, algunos hinchas invadieron el césped y lo que era una fiesta se estaba transformando en una catástrofe. Al árbitro lo golpearon entre varios y el partido quedaba suspendido sin necesidad de informarlo. Un bochorno total. La final de las galaxias terminaba de la peor manera. La policía ayudó para que se fuera evacuando rápidamente el recinto, cada plantel se retiró por su lado, los árbitros pudieron escapar y el estadio quedó vacío.

Se apagaron las luces. El título quedó vacante y el clásico de las galaxias sin estrellas.

MI PRIMERA VEZ

Estaba tan excitado, no podía creer que llegaría el día. Es que desde chico siempre estuve esperando ese momento. Para un hombre es algo soñado, uno piensa en eso a diario. Es el tema de charla en cualquier colegio, universidad o café. Quiero estar preparado. Además me gusta estar en todos los detalles.

Lo más complicado es conseguir el dinero, y luego buscar un buen hotel, preferentemente cómodo aunque el confort es lo de menos.

Un jueves me decidí, fui a hablar con mi tío y a explicarle la situación. Me comprendió y me dijo que me iba a ayudar. Se sorprendió con el precio, él no pensaba que sería tanto pero para mí era poco.

—¿Por qué tanto dinero?

—Es lejos tío, sumemos algo para comer.

—Bueno, podemos llegar a un acuerdo pero quiero un recuerdo.

—No hay problema. Te voy a dar algo que jamás olvidarás.

El primer paso estaba. De ahí en adelante, me interioricé en los costos de alojamiento y en contar con fondos extras para lo comestible. El presupuesto estaba aprobado y todo iba bien encaminado.

Sin embargo, hablando con un amigo, me puso al tanto de otro dato. Antes debía aplicarme unas vacunas. A la mañana siguiente fui directo al Ministerio de Salud y me puse contra la difteria, fiebre amarilla, y todo lo que encontré por mi paso. Necesitaba estar preparado. Uno nunca sabe con lo que se puede encontrar.

Capital para el viaje, el hotel, certificado de vacunación, todo listo. Simplemente había que esperar que llegue el momento. Les comenté a varios amigos, incluso familiares y todos se pusieron felices. Mi padre orgulloso, mi madre también, aunque tenía un poco de miedo y bueno… las mamás siempre son protectoras. Recuerdo el día anterior, estaba entusiasmado, en mi trabajo todos sabían, algunos me hacían señas, otros me felicitaban de antemano. Liza, por ejemplo, me pidió fotos. Durante esa tarde volví a casa, preparé un pequeño bolso, ropa interior, algunas remeras, desodorante y no mucho más. Lo necesario estaba.

Durante la noche no pude dormir, la ansiedad me superó. Fueron horas largas y raras. No era para menos, se acercaba mi primera vez. No cerré un ojo y llegó el día. Me bañe, elegí una ropa linda, pero sobre todo cómoda y partí. Comenzaba el traslado, un viaje que sería extenso pero seguramente memorable. Allí arrancó todo.

La marcha fue tranquila, llegamos a destino sin inconvenientes. Lo primero que hice fue pedir mi habitación. El maletero no hablaba español pero nos entendimos bien, él llevaría el bolso en otro ascensor para no molestarme. Tomé el primero que vino, y busqué la puerta 1507, estaba en el fondo del pasillo. Puse la tarjeta magnética, se prendió la luz verde y entré, era la primera inspección. Dos pasos adentro a mi derecha estaba el baño, tenía ducha y también bañera. Mientras lo miraba llegó el maletero con el bolso. Me mostró la caja fuerte instalada dentro del placar. Me enseñó a usarla, pero no la necesitaría. Le di las gracias y se retiró. Nunca supe si debía darle propina como sucede en las películas. La cama era grande, frente a ella una mesa con café y bebidas, al costado la televisión y una ventana. La vista siempre es importante pero mi mente estaba en otro lado.

Debía esperar la hora del inicio. Salí a recorrer el hotel y las afueras, la ciudad era linda y estaba llena de extranjeros. Muchos allí, seguramente por una cuestión generacional habían tenido antes su primera vez, pero yo estaba de estreno. No podía esperar más.

El pago estaba hecho, y tenía el comprobante en la mano. Llegó la hora, me trasladé para buscar lo que me correspondía, mi lugar. Al comienzo me asusté, había tantas puertas y tanta gente. Le pregunté a un señor que parecía experimentado, me señaló el camino. Tiene que ingresar por los dedos me dijo.

Asenté con la cabeza sin entender hasta que me di cuenta a que se refería. Unos pasos adelante estaba la puerta de ingreso. Decía D2.

La iluminación fue creciendo cada vez que

me acercaba. Entré y comencé a escuchar gritos, tan fuertes que podrían tumbar cualquier pared. Mi emoción iba creciendo, no lo podía creer. El bullicio seguía. Mi cuerpo estaba allí pero mi mente recorrió mi infancia y me mostró momentos felices. Estaba como ido, empecé a mirar todo desde otro punto, me podía ver a mi mismo en ese lugar. Estaba allí, había llegado, era algo soñado. Estaba ante mi primera vez, aún recuerdo todo con lujo de detalles. Imposible olvidarlo. Mi primer partido de un mundial estaba por comenzar. Son cosas que uno no se olvida.

Para cualquier hombre es una experiencia única. Ese juego era parte de la historia del deporte y los que estábamos allí también. Ver el estadio repleto, los gritos que seguían, la ola de la hinchada, y el fútbol. La selección poniendo alma y vida. Elementos que hacen que nadie se arrepienta, pero repito no fue fácil, el largo viaje, conseguir el dinero, el hotel, el ticket, el certificado de vacunación, varios detalles para que todo salga bien. Y todo salió bien. Fue el partido de mi vida, una sensación como pocas, tal vez sólo comparada con la primera vez.

EL CRACK DE RIO TEMBLEQUE

(Una historia vivida antes de Los Invencibles)

1

Me llamo Erik y vivo en Río Tembleque, un pueblo donde residen unas 300 personas, tiene calles de tierra, un solo comercio donde se consiguen los alimentos y las cosas del hogar, la iglesia, la escuela, una heladería, un video club con las mismas películas de siempre, un bar nocturno y una cancha de fútbol.

Es allí donde los chicos crecemos, donde pasamos alegrías y tristezas, donde creemos que nos hacemos hombres al discutir con los que viven más lejos o cuando les festejamos un gol en la cara. Es allí donde hacemos amigos, enemigos y donde nos enamoramos de las chicas que se acercan a mirar el partido.

Esos metros de verde natural, los arcos de madera, el alambre que divide el patio de Don Julio, al que no le agrada que la pelota invada su propiedad, en suma, todo forma parte de nuestro espacio, el mismo que nos hace la vida más divertida en Tembleque.

Para llegar al pueblo es difícil, el asfalto parte desde Torre La Vega pero 20 km antes del pueblo la ruta se convierte en un camino de tierra en muy mal estado. Cuentan los de más edad que una vez se proclamó ciudadana ilustre a Gertudris Amaral, una actriz que había trabajado como extra en un programa de televisión. A La Cabaña de Lucio, el bar de la zona, con suerte van a tocar unos artistas que se hacen pasar por Los Chalchaleros.

Pero mi vida de niño está centrada en lo que sucede los sábados a la tarde cuando me dejan ir a la canchita. Vivo a pocas casas de allí pero en Tembleque la siesta es sagrada, por lo tanto, de lunes a viernes lo único que hago es esperar el sábado. No hay nada más que hacer.

Con mis 16 años recién cumplidos sueño con

jugar un mundial y también con enamorar a Lauri. Ella es hermosa, de baja estatura y flaca pero con una silueta bien marcada a sus 17 años, pelo lacio, castaño y ojos saltones. Vive enfrente a una heladería donde siempre quise invitarla, pienso que su madre no dirá nada por llevarla allí. Los que sí hablarán serán mis amigos cuando me vean con ella. Tiene enamorados a varios de los chicos del fútbol. Ellos comentan que se la ha visto por el pueblo con Ponzio, un muchacho que juega con nosotros pero que es más grande. Ponzio debe tener unos 20 años, siempre corre sin remera y por eso todo el año tiene la piel con un tono veraniego, además de tener los abdominales marcados, aunque a mi parecer es pecho frío. En los partidos difíciles nunca aparece.

El último que jugamos fue ante los del otro lado. Llamamos así a los chicos que viven pasando el puente del río. Ganamos 1 a 0 con gol de nuestro central, Carles, un chico de rulos, de 1,78 metros de altura que con la cabeza gana en todas las áreas. También jugó Alan, el chico con menos talento que vi en mi vida. Si pateaba un tiro libre iba a la barrera, si ejecutaba un penal la atajaba el arquero y si estaba solo frente al arco la tiraba afuera.

Como volante por derecha jugó Ponzio, poco y nada, los periódicos le pondrían cuatro o cinco puntos. Me encanta leer las calificaciones de los matutinos pero a Tembleque los diarios llegan con tres días de retraso. Sí recibimos una noticia cuando descansábamos tirados en el pasto viendo el cielo y vino Giuseppe Caglieri, el sacerdote de la iglesia. —Tengo rival para ustedes. Un amigo de otra parroquia los trae el próximo sábado. Si se animan, y si ganan yo les regalo camisetas para todos. La respuesta fue afirmativa y la alegría inmensa, el desafío nos provocó sensaciones como las que deben tener los jugadores antes de la final de la Copa del Mundo y además con premio, la oportunidad de tener nuestras propias casacas. Sería una semana especial.

2

No podía dejar de pensar en otra cosa, en mi mente solo había lugar para tácticas, estrategias y hasta cómo festejaría los goles. Una tarde, mi madre me mandó a comprar leche, pan y frutas. Para ir al almacén del centro debía pasar por la casa de Lauri que estaba justo en frente a la heladería de María

Anabela donde hacen helados artesanales muy ricos aunque sólo tienen cuatro sabores: frutilla, dulce de leche, chocolate y vainilla. No es como en esos comercios donde uno encuentra una lista interminable de gustos y aparecen sabores como durazno del cielo tropical.

Caminar por esa cuadra me produce un cosquilleo singular. Mientras paso por allí no quiero mirar a la casa de Lauri, por si ella echa un vistazo por la ventana. Fingí no interesarme con el propósito de llamar su atención. Por eso, conté las baldosas del camino, levanté la cabeza hacia las nubes, giré hacia el árbol pero terminó siendo inevitable ojear hacia la ventana. Allí se la veía a Lauri, estaba espléndida tocándose el pelo. Me vio y sonrió, al menos mostró los dientes y los hoyuelos de las mejillas. Fue el momento más feliz de mi vida. Eso era amor, aunque sólo de mi parte. De repente, Lauri fue apresada por un abrazo desde atrás. Era Ponzio que me miró con soberbia y le encajó un beso. Eso era dolor… de mi parte también. Aceleré el ritmo de mis pasos, llegué al almacén, pedí la leche de mala gana, agarré cualquier fruta y olvidé el pan. Estaba nervioso, triste y empecé a odiar a Ponzio. Los celos me nublaron la vista, llegué a casa, tiré las cosas sobre la mesa y fui a mi habitación. Estaba afligido, sentía que un tren me había pasado por arriba. Esa noche no quise cenar y me costó dormir.

Al día siguiente amanecí para ir al colegio, durante el desayuno a mi madre le gustaba darme las mismas indicaciones de siempre. Sin embargo la noté preocupada.

—¿Por qué estás triste Erik? —permanecí en silencio—. ¿Es por esa chica que vive enfrente a lo de Ana? Ella es la nieta de Don Julio.

—Solo tuve pesadillas —dije tratando de aparentar ante mi madre que no me importaba lo que decía, aunque ella me dio un buen dato—. Don Julio era italiano, de baja estatura y con una barriga prominente. Debía superar los 80 años de edad. Fue jugador, árbitro y dirigente de fútbol. En la canchita se comentaba que había conocido a Dino Zoff.

A la salida de la escuela fui a su casa con la excusa que mi pelota fue a parar a su patio. Mientras nos dirigimos al fondo, en el camino busqué la manera de sacarle información acerca de su nieta.

—Mi mamá me comentó que usted es el abuelo de Lauri.

—Sí, así es hijo. Todos preguntan por ella. Me ruboricé. —Yo sólo lo hago por curiosidad, por el comentario de mi madre, ¿entiende?—.Don Julio me miró con picardía y cambió de tema. —Eres un buen centroforward, más bien yo te colocaría como half izquierdo.

Le quise agradecer sus palabras pero lo vi a Don Julio fruncir la frente para luego subir el tono de voz. —¿Dónde está tu pelota nene?

Me di cuenta que no estaba muy a gusto recorriendo el patio y podría ponerse peor cuando se dé cuenta que todo era un invento para hablar de Lauri. No obstante, la suerte me acompañó ya que detrás de un pequeño naranjal había una pelota vieja y un poco desinflada.

—Esa es.

—Agarrala y vamos que tengo que darle de comer a Bruto—. Bruto era el perro de la casa, estaba atado, tenía un aspecto cansino y nunca se lo escuchaba ladrar.

—Gracias Don Julio.

—A Lauri le gustan los chicos con futuro.

No sé que me habrá querido decir, pero me dio fuerza para demostrarle a Don Julio, a

Lauri y a Ponzio, que podía ser un verdadero crack y llegar bien alto. El partido del sábado me espera.

3

Tiré a la basura la pelota pinchada que encontré en la casa de Don Julio y empecé a enfocarme en el partido del sábado. Por eso, pensé en recorrer las casas de los chicos de nuestro equipo para hacerles saber la importancia de ese juego. Si lográbamos una victoria obtendríamos camisetas por primera vez, además no podíamos dejar mal parado a Giuseppe Caglieri. La iglesia fue el primer lugar al que fui.

—Que bueno verte por acá Erik.

—Sólo vengo a decirle que estoy seguro que vamos a ganar ese partido.

—La confianza en uno mismo es muy importante.

—Gracias padre.

—Déjame contarte un secreto Erik. El sábado no sólo llegarán al pueblo los rivales, sino también unas personas que buscan futuros cracks.

Una alegría gigante invadió mi cuerpo así como unos nervios del mismo tamaño. Dicen que todos tenemos una oportunidad y ese día será la mía.

—No lo voy a defraudar padre.

Salí de allí con una primicia, pero decidí no contársela al resto del grupo para no generar presión ni más morfones, ya tenemos varios que nunca sueltan la pelota. Al único que no podía ocultarle tal noticia, era al Rulo Carles. Un amigo con el crecí desde pequeño. Como todos, él también soñaba con ser un jugador profesional y le conté. Lo tomó con mucha tranquilidad. También visité a Batu, Lucas, Paulo y hasta a Alan, aquel chico con menos talento que vi en mi vida. A todos les pedí garra, corazón y ganarnos las camisetas. Por la casa de Ponzio no pasé.

Los días siguientes salí por las calles del pueblo para ver si distinguía personas extrañas, imaginaba a esos representantes de jugadores como empresarios de trajes negros, con portafolios y posiblemente con gafas oscuras. Lo único que vi pasar fue el viejo camión regador que aquietaba el polvo de las calles.

El mensaje me lo había dado el cura Giuseppe pero la vida me daba una señal, era mi chance. Si rendía bien en ese partido podría ser transferido a los grandes equipos de Europa.

Nunca había salido de Río Tembleque y tal vez nunca más tendría otra ocasión como esta.

Sólo pensaba en el cotejo, pero no podía ocultar que aún tenía presente la imagen de Lauri abrazada por Ponzio. Me generaba tristeza y a la vez me daba fuerza. Sin dudas, Lauri también estaría el sábado. Yo estaba entrenado, iba a ser mi día.

4

El sábado me despertó el ruido de una vieja camioneta con acoplado que trasladaba mucha gente. Mire por la ventana y los vi, eran nuestros rivales. Parecían tan humildes como nosotros, y probablemente con el mismo nivel. En el pueblo no nos ganaba nadie y ellos atravesaban una situación similar. Había mucho incentivo, el honor en primer lugar, y las camisetas como segundo estímulo. Había soñado muchas veces con ese sentimiento de salir en equipo, todos unidos por los mismos colores, siempre me gustó el número siete. Carles seguro usaría la cinco, y Alan debería tener algún número apropiado a sus características, tal vez el 24, 33 o 55.

Luego de despertarme sería imposible seguir descansando con tanta ansiedad. Aún era temprano para ir a la canchita, así que primero partí a verlo a Giuseppe Caglieri.

—¿A qué se debe tu presencia? Es muy raro verte por aquí un sábado Erik.

—Quiero agradecerle por todo esto padre. Es una gran motivación para mí, es la final del mundo.

—Ven, Erik te quiero mostrar algo—. Ingresamos por una puerta que conducía a la sacristía. Allí estaban las prendas que serían para el ganador. Eran blancas con rayas verdes verticales, el lugar parecía un pequeño vestuario.

Salí de allí imaginando una vida llena de elogios futbolísticos, me veía marcando goles con esa camiseta. Además me gustaban los colores. La felicidad invadió mi cuerpo, creo que ver las remeras me ocasionó aún más compromiso. No aguantaba más, ya quería jugar. Fui rumbo a la canchita, no había nadie. Caminé por el césped como haciendo el reconocimiento de campo. El lugar estaba limpio, no había espinas y avizoraba un gran juego, tal vez el mejor que se haya visto en la historia de Río Tembleque. Imaginé mucho público, colocándose muy cerca de la línea. Como no había tribuna, la gente se ubicaba casi adentro de la cancha. Me senté apoyado en uno de los palos de madera del arco. No tenemos lugar para juntarnos, ni calzados deportivos ni nada que se parezca a un vestuario. Mi inquietud aumentó cuando lo vi llegar a Alan, ya que por primera vez jugaríamos con la ley del offside, y sospecho que no sabe que existe esa regla.

A los pocos minutos se mostró el rulo Carles, sentí tranquilidad por tratarse de un jugador como él. Vino trotando. Dijo que ya había estirado en su casa, él siempre fue profesional.

Yo quería que estemos todos antes que se presenten los rivales. Como locales debemos mostrarles la seriedad con que tomamos el compromiso, mis compañeros estaban tan emocionados como yo y fueron llegando a tiempo. Gastón, Batu y Renzo aparecieron juntos. Luego llegaron Diego, Lucas y Paulo.

El último en sumarse fue Ponzio quien vino de la mano con Lauri. No me importó, estaba concentrado en el partido y no quise distraerme. Nos juntamos atrás de uno de los arcos, aparentábamos estar relajados pero no lo estábamos, se notaba porque casi no hablábamos. Vecinos y familiares fueron acomodándose a los costados de la cancha. Llegó al lugar la camioneta con los chicos del pueblo de al lado. Casi al mismo tiempo se asomó el padre Giuseppe acompañado de dos personas que debían ser los buscadores de talentos, junto a ellos los árbitros, dos tenían una barriga sobresaliente. De todos modos, nunca había sido dirigido por jueces y confío plenamente en su honestidad. El juego está por comenzar.

5

Antes del inicio del partido, el padre Giuseppe nos presentó al equipo rival, le dimos la mano a cada uno de ellos. Había chicos de diferentes edades, uno de ellos era bien alto, lo apodaban

Ruco y era su capitán. El padre nos platicó de valores morales y éticos aunque creo que la mayoría prestamos atención solamente cuando habló sobre las camisetas que estaban en juego. Luego de sus palabras nos acomodamos en el terreno. Cada vez había más personas mirando.

El partido se puso en marcha. Todo comenzó parejo, parecía que nos estábamos estudiando mutuamente, sin embargo, rápidamente nos dimos cuenta que tenían un buen equipo y un jugador desequilibrante por el costado izquierdo que no sería fácil de parar. Nosotros teníamos lo nuestro, tampoco éramos un rival cómodo para ellos. Nuestra base estaba compuesta con Lucas en el arco, Carles en el fondo apoyado por Batu y Renzo, Paulo iba como volante por derecha, Gastón en el medio y Ponzio por el otro costado. Arriba estaba yo acompañado por Diego. La cancha era para nueve contra nueve, por eso, Alan quedó como suplente. Ellos tenían tres jugadores como relevos con los cuales Alan ya se había hecho amigo mientras nosotros luchábamos en la cancha.

La primera ocasión de peligro la tuvo el contrincante que llegó por medio de Ruco quién cabeceó por arriba del palo defendido por Lucas. Fue un aviso, debíamos estar atentos. Les hice señas a mis compañeros para tranquilizarnos. Estaba seguro que podíamos tomar las riendas del juego. En los minutos siguientes no se crearon demasiadas situaciones y la pelota pasó más tiempo en la mitad de la cancha. Cerca del final del primer tiempo Batu metió un pelotazo largo, salté a buscarla con Rogelio, el defensor de ellos, la pelota quedó picando y de atrás llegó Ponzio, que remató un zurdazo potente que cruzó la calle y fue a parar a la granja de enfrente.

El árbitro dio por finalizada la primera parte. Alan fue a buscar la pelota y nosotros nos preparábamos para el segundo tiempo. La mamá de de Gastón nos trajo agua. Sabíamos que era de esos partidos donde el que marcaba un gol se quedaba con el triunfo. Mientras cambiábamos de lado, le recriminé a Ponzio por su tiro desviado, no tenía razones futbolísticas para hacerlo.

Los primeros minutos del complemento mostraron que sería igual de parejo que la primera parte. Promediando la mitad de la etapa final, Ponzio desbordó por la izquierda, me hizo el pase, amago devolvérsela con una pared típica, el defensor pasó de largo y quedé camino al arco. Estaba a unos 25 metros pero con espacio para pegarle, le di con toda mi fuerza a esa pelota que buscó el ángulo pero que encontró las manos de su arquero que la desvió al córner. Escuché aplausos de la gente y sabía que era nuestro momento.

Para el tiro de esquina subieron Carles y Batu. Renzo se quedó atrás. Paulo se encargó de mandar el centro llovido cerca al punto del penal. El Rulo se elevó por arriba de todos y metió un frentazo tan potente que su arquero no pudo hacer nada. Gritamos y festejamos el gol como si estuviéramos en un mundial. Eso sentíamos, una alegría enorme. La vi a Lauri muy contenta, y eso me hizo feliz, ella tenía el derecho a elegir y Ponzio es un buen chico después de todo. Mi mamá también celebra, busqué con la mirada a mi papá, no lo encontré aunque estoy seguro que está festejando conmigo desde algún lugar.

Nuestro equipo empezaba a conseguir la gloria.

6

Ganábamos el partido 1 a 0 con el gol del Rulo Carles y por fin llegó el pitazo final. Nos abrazamos entre todos, la gente ingresó al campo de juego para agasajarnos, mientras saltábamos de alegría. El padre Giuseppe trajo las camisetas, las repartió y comenzamos a agitarlas. En ese momento mis compañeros descubrieron los colores, el verde y el blanco que tanto iba a significar para nosotros. Los rivales nos vinieron a felicitar y a despedirse ya que debían volver a Torre La Vega. Todo se fue calmando y algunos empezaron a retirarse cuando Giuseppe Caglieri me llamó junto a Carles.

—Chicos, les quiero presentar a alguien. El Sr. Nielsen y su compañero se dedican a representar jugadores y quieren hablar con ambos.

Yo tenía el pecho inflado. Carles miraba con atención.

—Felicidades chicos —señaló Nielsen—. Erik me gustó mucho esa jugada individual, tenés mucha calidad. Carles tu futuro es enorme.

—Gracias señor —dijimos casi en forma conjunta.

—Los voy a llevar al Barcelona de España.

Nos quedamos quietos y mudos. No lo podíamos creer. El sueño se estaba haciendo realidad.

—Carles te veo como un buen central, podes llegar lejos, incluso alguna vez alcanzar la Copa del Mundo, ¿Por qué no?—. El Rulo no hablaba, sólo movía la cabeza. Se mostró impertérrito, pero yo me daba cuenta que su felicidad era inmensa.

—Erik, creo que tenés esa fuerza y lucha de un capitán.

—Gracias señor, pero déjeme decirle lo siguiente. Un capitán no abandona nunca un barco. Acabamos de recibir nuestra primera camiseta. Aquí nace un equipo, un equipo al que nadie puede vencer. El camino recién empieza—.

El Sr. Nielsen me miró extrañado y continué—. Hay mucho que hacer con estos chicos y siento que me necesitan, por lo tanto agradezco su propuesta pero debo rechazarla.

—Tienes un gran corazón Erik, fue un gusto conocerte.

Esas fueron las palabras del Sr. Nielsen, quien al retirarse se fue caminando con Carles. En realidad pensé que me iba a insistir por lo menos una vez. También sería la última vez que lo vi al Rulo. Me puse la camiseta, la agarre fuerte y sabía que nacía una nueva historia, la de Los Invencibles.